KB249251

차가운
밤에

つめたいよるに
차 가 운 밤 에

"TSUMETAI YORU NI"
First published in Japan in 1989 by Rironsha Co., Ltd.
"ATATAKA NA OSARA"
First published in Japan in 1993 by Rironsha Co., Ltd.
Copyright@1989, 1993 by Kaori EKUNI
Korean translation rights arranged with Kaori EKUNI
through Japan Foreign-Rights Centre & Imprima Korea Agency

이 책의 한국어판 저작권은 Japan Foreign-Rights Centre & Imprima Korea Agency
를 통해 Kaori EKUNI와의 독점 계약으로 소담출판사에 있습니다. 저작권법에 의해
한국 내에서 보호를 받는 저작물이므로 무단전재와 무단복제를 금합니다.

펴 낸 날   2008년 1월 4일 초판 1쇄
          2008년 12월 24일 초판 2쇄

지 은 이 에쿠니 가오리
옮 긴 이 김난주
펴 낸 이 이태권
펴 낸 곳 소담출판사
          서울시 성북구 성북동 178-2 (우)136-020
전   화 745-8566~7 팩   스 747-3238
e-mail sodam@dreamsodam.co.kr
등록번호 제2-42호(1979년 11월 14일)
홈페이지 www.dreamsodam.co.kr

I S B N 978-89-7381-922-5 03830

● 책 가격은 뒤표지에 있습니다.
● 잘못된 책은 구입하신 곳에서 교환해드립니다.

차가운 밤에

에쿠니 가오리 지음

김난주 옮김

소담출판사

차 례

차가운 밤에

9　듀크

18　여름이 오기 전

27　나는 정글에 살고 싶다

36　모모코

45　쿠사노조 이야기

53　마귀할멈

70　밤의 아이들

79　언젠가, 아주 오래전

89　연인들

따스한 접시

101 삼단 찬합

108 라푼젤들

115 아이들의 만찬

121 맑게 갠 하늘 아래

127 체리 파이

134 후지시마 씨가 오는 날

139 체크무늬 테이블클로스

146 미나미가하라 단지 A동

153 파를 썰다

158 코스모스 핀 마당

165 겨울날, 방위청에서

172 어느 이른 아침

181 작품 해설
190 역자 후기

차가운 밤에

듀크

눈물이 멈추지 않았다. 스물한 살이나 된 여자가 엉엉 울면서 걸어가니 오가는 사람들이 쳐다보는 것도 당연한 일이다. 그런데도 울음을 그칠 수 없었다.

듀크가 죽었다.

우리 듀크가 죽고 말았다.

나는 슬픔을 가눌 수 없었다.

듀크는 회색 눈에 크림 색 털이 길고 텁수룩한 풀리puli였다. 우리 집에 처음 왔을 때는 갓 태어난 새끼라서 복도를 뛰다 보면 손발이 옆으로 쫙 벌어져 배로 쓱 미끄럼을 타곤 했다. 그 모습이 너무 귀여워서 일부러 이름을 불러 복도를 뛰어다니게 했다. 바지런히 오가는 모습이 대걸레를 닮았다면서 다들 웃었다. 계란으로 만든 음식과 아이스크림과 배를 아주 좋아했다. 5월에 태어나서 그런지 듀크에게는 초여름이 참 잘 어울렸다. 신록의 계절에 산책을 데리고 나가면 향기로운 바람에 털을 휘날리면서 눈을 살짝 찌푸렸다. 툭하면 토라지는 성격이었다. 토라진 옆얼굴이 제임스 딘을 닮았었다. 음악을 좋아해서 내가 피아노를 치면 늘 웅크리고 앉아 들었다. 그리고 듀크는 키스를 하는 솜씨가 보통이 아니었다.

사인은 노쇠였다. 내가 아르바이트를 끝내고 돌아왔을 때만 해도 조금은 따스했다. 무릎에 머리를 올려놓고 쓰다듬어주는데 점차 몸이 굳으면서 싸늘하게 식어갔다. 그렇게 듀크는 죽었다.

다음 날도 나는 아르바이트를 하러 가야 했다. 현관에서 유독 밝은 목소리로 "다녀올게요." 라 말하고 밖으로 나와 문을 닫는 순간 눈물이 쏟아졌다. 울면서 역까지 걸어갔고, 울면서 개찰구를 지났고, 울면서 플랫폼에 서 있었고, 울면서 전철을 탔다. 전철은 늘 그렇듯 혼잡했다. 가방을 껴안은 여학생들, 엇비슷한 코트를 입은 회사원들이 계속 훌쩍거리는 나를 거리낌 없이 힐금거렸다.

"여기 앉으세요."

한 청년이 퉁명스러운 목소리로 그렇게 말하며 자리에서 일어났다. 열아홉 살쯤 되었을까, 하얀 폴로셔츠에 감색 스웨터를 입은 핸섬한 청년이었다.

"고마워요."

기어 들어가는 목소리로 한마디 하고는 그 자리에 앉았다. 청년은 내 앞에 서서 우는 내 얼굴을 빤히 쳐다보았다. 눈빛이 짙었다. 청년의 눈길에 에워싸인 나는 왠지 꼼짝할 수 없는 기분이었다. 그리고 어느 틈엔가 나도 모르게 울음을 그쳤다.

내가 내린 역에서 청년도 내렸다. 내가 바꿔 탄 전철에 청년도 탔다. 종점인 시부야까지 내내 함께였다. '왜 그러세요?', '괜찮아요?'라고 한 번도 묻지 않았지만 청년은 줄곧 내 곁을 떠나지 않고 만원 전철의 인파 속에서 알게 모르게 나를 지켜주었다. 나는 조금씩 마음이 진정되었다.

"커피, 사드릴게요."

전철에서 내린 나는 청년에게 말했다.

12월의 거리에는 사람들이 바삐 오가고, 강바람이 불고 있었다. 크리스마스까지는 아직 두 주나 남았는데 여기저기에 알록

달록 꾸민 크리스마스트리가 서 있고, 빌딩에는 '연말 대바겐'이라 쓰인 현수막이 걸려 있었다. 찻집으로 들어서자 청년은 메뉴를 죽 훑어보고는 물었다.

"아직 아침 안 먹었는데, 오믈렛 주문해도 돼요?"

내가 그러라고 대답하자, 기쁜 듯이 싱긋 웃었다.

공중전화로 아르바이트하는 곳에 전화를 걸었다. 감기에 걸려서 오늘 하루 쉬겠다고 하는 소리를 들었는지 내가 테이블로 돌아오자 또 퉁명스러운 목소리로 이렇게 말했다.

"그럼, 오늘은 종일 시간이 있는 거네요."

찻집에서 나온 우리는 언덕길을 올라갔다. 청년이 그 언덕길을 올라가면 좋은 곳이 있다고 해서였다.

"여기."

그가 가리킨 곳은 수영장이었다.

"기가 막혀서. 이렇게 추운데."

"온수라서 괜찮아요."

"수영복도 없는데."

"사면 되죠."

자랑은 아니지만 나는 수영을 못한다.

"싫어, 난."

"수영할 줄 몰라요?"

청년이 정말 이상하다는 눈빛으로 물어, 짜증이 난 나는 잠자코 지갑에서 300엔을 꺼내 입장권을 사고 말았다.

12월에, 그것도 이른 아침부터 수영장에 들어가는 괴짜는 우리밖에 없었다. 덕분에 넓은 풀을 둘이서 모두 차지했다. 청년은 활기차게 준비운동을 하더니 유연한 곡선을 그리며 물로 뛰어들었다. 그는 물고기처럼 유유하게 물을 갈랐다. 풀의 인공적인 색상도 소독약 냄새도 울려 퍼지는 물소리도 한없이 푸근했다. 이렇게 수영장에 온 게 몇 년 만일까. 천천히 물로 들어가자, 몸이 어른어른 흔들려 보였다.

청년이 갑자기 나를 앞으로 쑥 잡아당겼다. 나는 고꾸라지듯 엎드려 쭉쭉 앞으로 나아갔다. 마치 누가 내 머리에 실을 묶어 잡아당기는 것처럼 나는 헤엄쳤다. 스르륵, 실을 당기는 힘이 줄어들었다. 당황스러워 그 자리에 서서 얼굴을 훔치고 보니, 풀 한가운데였다. 3미터 정도 앞에 선 청년이 내 얼굴을 보며 싱긋 웃었다. 나는 수영이란 이렇게 기분 좋은 것이로구나, 하고 생각했다.

청년과 나는 한마디도 나누지 않고 수영을 했다.

"그만 나갈까요."

청년이 그렇게 말했을 때는 벽시계가 정오를 가리키고 있었다.

수영장에서 나온 우리는 아이스크림을 사 먹으면서 걸었다. 수영한 후의 나른함마저 상쾌하고, 아이스크림의 달콤함도 반가웠다. 조금 걸어 들어가자 조용한 주택가가 나왔다. 역 앞의 시끌벅적함이 거짓말 같았다. 내 옆에서 걷는 키 큰 청년의 단정한 생김생김에 나는 그만 가슴이 두근거렸다. 맑게 갠 한낮의 겨울 냄새가 났다.

우리는 전철을 타고 긴자로 갔다. 이번에는 내가 좋은 곳을 가르쳐줄 차례였다. 뒷길을 15분쯤 걸어가자 조그만 미술관이 나왔다. 눈에 잘 띄지는 않지만 아담하고 좋은 미술관이었다. 우리는 그곳에서 우선 중세 이탈리아의 종교화를 보았다. 그리고 인도의 오래된 세밀화를 보았다. 그림 하나하나를 꼼꼼하게 보았다.

"이거, 꽤 좋은데요."

청년이 그렇게 말한 그림은 코끼리와 나무를 모티프로 한 칙칙한 녹색 세밀화였다.

"고대 인도는 늘 초여름이었던 것 같네요."

"낭만주의자네."

내가 그렇게 말하자 청년은 쑥스럽다는 듯 웃었다.

우리는 미술관에서 나와 만담을 들으러 갔다. 우연히 극장 앞을 지나가는데, 청년이 만담을 좋아한다고 했기 때문이다. 그런데 막상 극장 안으로 들어간 나는 점점 우울해지고 말았다.

듀크도 만담을 좋아했다. 한밤에 눈을 뜨고 아래층으로 내려가 보면, 분명히 껐을 텔레비전이 켜져 있고 듀크가 그 앞에 동그마니 앉아 만담을 보고 있었다. 아빠도 엄마도 동생도 믿지 않았지만, 정말 보고 있었다.

듀크가 죽어서 너무 슬퍼 숨도 쉴 수 없을 정도였는데, 낯선 남자와 커피를 마시고 수영을 하고 산책을 하고 미술관에 가고 만담까지 듣다니, 나는 대체 무슨 짓을 하고 있는 걸까.

그날의 공연물은 〈목수의 재판〉이었다. 청년은 간혹 재미있다는 듯 낄낄 웃었지만 나는 끝내 한 번도 웃지 못했다. 웃기는커녕 마음이 점점 무거워져, 만담이 끝나고 큰길로 걸어 나왔을 때는 슬픔이 가득했다.

듀크는 이제 없다.

듀크가 없다.

길에는 크리스마스 캐럴이 흐르고, 파르스름한 저녁 하늘을 배경으로 네온사인에 반짝반짝 불이 켜지고 있었다.

"올해도 다 갔네요."

청년이 말했다.

"그러네."

"내년은 또 새로운 해죠."

"그래."

"나, 지금까지 즐거웠어요."

"그래, 나도."

고개를 숙인 채 대답하자, 청년이 내 턱을 잡고 살짝 들어 올렸다.

"지금까지 줄곧, 이라고요."

낯익은 짙은 색 눈이 나를 쳐다보았다. 그리고 청년은 내게 키스를 했다.

내가 그렇게 놀란 것은, 그가 키스를 해서가 아니라 그 키스가 듀크의 키스를 너무도 닮아서였다. 얼이 빠져 멍한 채 말도 못하는 내게 청년이 말했다.

"나도 아주 많이 사랑했어요."

쓸쓸하게 웃는 얼굴이 제임스 딘을 꼭 닮았다.

"그 말을 하러 왔어요. 그럼, 안녕. 건강하게 지내요."

청년은 그렇게 말하고, 파란 불이 깜박이는 횡단보도로 휙 뛰어가 버리고 말았다.

나는 그 자리에 우뚝 선 채 하염없이 크리스마스 캐럴을 들었다. 긴자의 밤이 천천히 시작되고 있었다.

여름이 오기 전

교무실에서 나온 요코는 빙글 몸을 돌려 인사를 하고 문을 닫았다. 그러고는 바로 복도와 계단을 뛰어 내려가 맨 끝 교실로 후다닥 들어갔다. 껴안은 재봉 상자가 달그락거렸다.

후.

요코는 조그맣게 한숨을 쉬었다. 토요일 오후의 교실에는 아무도 없었다. 창문으로는 신록이 선명하게 보였다. 아, 정말 화창하고 맑다, 고 요코는 생각했다. 방과 후의 교실에서는 신기한 냄새가 난다.

복도 쪽에서 두 번째 줄, 앞에서 네 번째가 요코의 자리였다. 책상 서랍에 재봉 상자를 넣으면서 요코는 시바타 선생님이 한 말을 생각했다.

"왜 그럴까. 넌 성실하기는 한데, 왜 이렇게 느린지 모르겠다."

요코는 기술·가정 과목이 싫었다. 1학년 1학기 과정인 블라우스 제작. 다른 아이들은 바느질이 다 끝나가는데 요코 혼자만 첫 단계인 주름 잡기에서부터 더듬거렸다. 그러니까 오늘 이렇게 남아 있는 것도 어쩔 수 없는 일이다.

"여자니까 바느질 정도는 할 줄 알아야지."

시바타 선생님은 그렇게 말했다. 물론 그렇다고 요코도 생각한다. 여자니까 바느질을 잘하면 더없이 좋다. 요코는 의자에 앉아 기지개를 쫙 폈다. 새 교복에서 다리 두 개가 막대기처럼 쑥 튀어나와 있다. 활짝 열어놓은 창문으로 5월의 바람이 불어 들어와, 가슴에 달린 하얀 리본을 휘감으며 지나간다.

중학교에 입학한 지 한 달. 여자 중학교라서 여자 애들뿐이다. 요코는 아주 당연한 것을 생각하면서 다시 한 번 한숨을 쉬었다. 그나마 낯가림이라도 좀 고쳐졌으면. 운동장에서 배구부원들이 연습하는 소리가 들린다.

아 참, 료는 야구부에 들어갔을까. 그렇게 들어가고 싶어 했는데.

요코는 느닷없이 초등학교 시절에 선망했던 남자 애를 생각한다. 졸업 문집에 이렇게 쓴 몸집이 자그마한 소년이다.

'중학교에 올라가면 야구부에 들어가서, 투수도 되고 4번 타자도 되고 싶습니다.'

별로 얘기를 나눈 적도 없지만, 요코는 오래도록 그를 마음에 품고 있었다. 4학년 때 소풍 가면서 옆 자리에 앉았었는데. 그때 같이 사탕 먹었었는데. 료, 기억하고 있을까.

하하소하노 하하모 소노코모,

하루노 노니 아소부 아소비오 후타타비와 세즈.*

불쑥 국어 교과서에 실려 있었던 시의 마지막 두 줄이 입에서 흘러나왔다. 〈지나간 날들〉이란 시였다. 시의 의미는 잘 알 수 없었지만 아무튼 말이 예쁘다고 생각했다. 하루노 노니 아소부 아소비오 후타타비와 세즈. 교복을 입은 채로는 봄의 들판에서 놀기가 좀 불편하겠지, 하고 생각하면서 요코는 세 번째 한숨을 쉬었다.

그때 교실 문이 드르륵 열렸다. 문 앞에 키가 큰 남자가 서 있었다.

"뭐 하는 거야?"

남자는 화가 난 목소리로 말했다. 하얀 폴로셔츠를 입은 모습이 어엿한 어른이기는 해도 틀림없는 료였다.

"가자, 빨리."

요코는 자기도 모르게 순순히 그 말을 따랐다.

"알았어."

일어선 요코는 자신의 모습에 놀라 소리를 질렀다. 어른이었다. 물방울무늬 블라우스를 입고 있었다.

"조금 전까지 교복 입고 있었는데."

남자가 웃으면서 나지막이 말했다.

"그렇군. 나도 얼마 전까지 학생이었던 것 같은데. 자, 빨리 가자. 밖에서 에미가 기다려."

에미. 에미. 요코는 남자를 따라 걸어가면서 어렴풋한 기억을 떠올렸다. 그렇다, 에미는 내 딸이다. 어쩌다 이렇게 까맣게 잊었을까. 나는 료와 결혼을 했다. 에미가 태어났고, 오늘은 토요일이라 가족 셋이서 외식을 하러 나왔다. 그리고 우연히 학교 앞을 지나다가 그리운 마음에 잠시 들러보자 싶어서……. 그래, 이제 생각났다.

에미는 교문 옆에서 기다리고 있었다.

"미안해, 오래 기다렸지."

"엄마, 왜 이렇게 늦게 나온 거야."

볼이 부루퉁한 채로 쪼그리고 앉아 있는 어린 딸이 정말 귀여 웠다. 료와 둘이 양쪽에서 에미의 손을 잡고 걸으면서, 아아, 행 복하다, 고 생각했다. 머리 위로는 여름 하늘.

걸어가는데, 저쪽에서 자전거에 탄 중학생쯤 된 여자 아이가 다가왔다.

"오, 에미."

료가 한쪽 손을 들면서 말했다.

"어디 가는 거냐?"

"학원."

어떻게 된 거지. 오동통하게 살찐, 눈이 커다란 소녀는 틀림없 는 에미였다. 그렇다면 에미라 여기고 손을 잡고 있던 이 어린아 이는 누구지.

"좋겠다, 겐지는 산책이나 하고."

자전거 위에서 소녀가 말했다. 겐지? 그렇구나, 겐지다. 아, 정 신 좀 똑바로 차려야지, 하고 요코는 생각했다. 내게는 아이가 둘 있다.

"얘는. 지각하겠다, 얼른 가. 길 조심하고."

자신도 모르게 튀어나온 엄마다운 말투에 요코는 어리둥절해졌다.

"알았어."

소녀는 남동생의 머리를 쓰다듬고는, 자전거를 타고서 휙 달려갔다.

세 사람은 신호에 걸려 멈춰 섰다. 바로 옆에 향기롭게 꽃 핀 금목서가 있었다. 신호가 녹색으로 바뀌어 요코는 겐지의 손을 잡아끌었다.

"왜 그래?"

소름 끼칠 만큼 낮은 목소리에 돌아보니, 요코보다 키가 훌쩍 큰 겐지가 서 있었다.

"왜 그러느냐고?"

도대체 어떻게 된 것일까. 요코는 어이가 없어서 자신의 아들을 쳐다보았다.

"이 손 좀 놔. 나도 가야 된다고."

이 청년이, 그 조그마했던 겐지일까.

"뭘 꾸물대고 있어."

건널목 저편에서 료가 불렀다.

"네, 가요."

요코는 겐지의 손을 놓고 재빨리 건널목을 건넜다.

"나, 방금 전까지 어린애 손을 잡고 있었는데."

"내가 업고 있잖아. 마리코는 밖에 나왔다 하면 금세 잠이 든 다니까."

어린 여자 아이가 료의 등에 업혀 자고 있었다. 마리코? 그래, 마리코로구나. 에미는 결혼한 지 5년이나 되었는데도 토요일이면 늘 테니스를 치러 간다. 마리코와 함께 빨간 차를 타고 와서 "그럼, 부탁해 엄마."라 하고는 마리코를 내려놓고 가버린다. 안 된다고 하면서도 손녀가 귀여워 싱글벙글 웃으며 받아 안는다.

요코는 료의 머리가 절반은 백발인 것을 이제야 알아차린다. 야위고 울퉁불퉁하고 주름 진 손. 그렇구나, 벌써 나이를 많이 먹었구나, 하고 요코는 생각했다.

"무겁죠?"

"무슨 소리. 아직은 끄떡없어. 이래 봬도 젊었을 때는 에이스 피처에 4번 타자였다고."

료는 소년 같은 눈빛으로 웃었다.

"호호호호, 하긴 그랬죠."

송이송이 소담스러운 눈이 떨어졌다. 한없이, 한없이.

"나 말이죠."

걸으면서 요코가 뜬금없이 말했다.

"나, 오래전부터 이런 광경을 꿈꾸고 있었던 것 같아요."

"이런 광경이라니, 어떤 광경?"

"그러니까, 이렇게……."

뭐라 말할까 생각하는 요코의 눈앞에 땀에 흠씬 젖은 반 아이의 얼굴이 있었다.

"어머나, 하시모토."

하시모토는 키가 크고 날씬하고, 얼굴이 가무잡잡한 소녀.

"어떤 광경이냐니까?"

"아니야. 아무것도 아니야. 배구부 연습, 다 끝났니?"

"응. 1학년은 죽어라 연습시키니까, 미칠 지경이다. 그런데 너 지금까지 뭐 하고 있었던 거니?"

"남아서 다 하라고 해서. 블라우스 말이야."

"토요일인데 남아서 하고 가라니. 심했다, 시바타 선생님."

하시모토가 요코의 어깨로 손을 불쑥 내밀었다.

"어?"

"왜?"

"지금 네 어깨에 하얀 게 묻어 있었는데, 털어주려고 했더니 없어졌어."

"아아, 그거 눈이야."

우후후후, 하고 하시모토가 웃었다.

"너, 웃긴다."

우후후후, 하고 요코도 웃었다.

"농담이야."

"우리 아이스크림 먹고 가자. 잠깐만 기다려, 나 옷 갈아입고 올 테니까."

"알았어."

하하소하노 하하모 소노코모, 라. 요코는 조그만 소리로 중얼거리고는, 빛나는 저녁 햇살에 눈을 찌푸렸다.

* 엄마도 그 아이도,
  이제 더는 봄의 들판에서 놀지 않으니.
  : 미요시 다츠지三好達治〈지나간 날들いにしへの日は〉 - 봄이 되면 엄마와 들판에 나
   가 놀던 시절을 그리워하는 내용의 시

나는 정글에살고 싶다

교스케는 저녁밥을 먹는 내내 기분이 별로 좋지 않았다. 기분이 나쁠 때면 늘 생각한다. 정글에 살고 싶다고.

"졸업식이 얼마 안 남았네."

스키야키에 설탕을 뿌리면서 엄마가 말했다.

"그럼, 우리 교스케도 중학생이 되겠구나."

아빠가 말했다.

"멀었어요. 2월이니까, 아직은 초등학생이죠."

"그래도 이제 금방이잖니. 입학 수속도 다 밟았고."

"그렇기야 하지만."

교스케는 시큰둥한 표정으로 실곤약을 한입 가득 집어넣었다.

오늘 아침에 학교에 갔더니, 여자 아이들이 사인첩을 돌리고 있었다. 얼마 안 있으면 작별이네, 보고 싶을 거야, 그런 말들만 나누고 있었다. 한 아이가 교스케에게도 사인첩을 들고 왔다.

"난, 안 쓸 거야."

"왜?"

"보고 싶을 일 없을 테니까."

여자 아이는 민망한 듯 그 자리에 서 있었다.

"왜? 쓰고 싶지 않다는데."

"알았어. 누가 너한테 써달란다니."

여자 아이는 사인첩을 껴안고 후다닥 자기 자리로 돌아갔다. 모두의 시선이 교스케에게 쏠렸다.

"쳇, 왜들 난리야."

교스케는 자리에 털퍼덕 앉았다. 책상 위에 1교시 교과서와 공책과 필통을 꺼내놓는다. 쳇, 그 녀석도 보고 있었다. 옆에 앞에 자리에서, 정말 못됐다는 표정으로 교스케를 보고 있었다. 1교시는 수학이었다. 담임인 오시마 선생님은 남자답지 못하다. 오늘도 이런 일이 있었다.

"구레바야시 군, 5번 문제 좀 풀어보거라."

보통은 "구레바야시, 5번 문제 풀어봐."라고 한다. 교스케는 자리에서 일어섰다.

"모르겠습니다."

수학을 싫어하지는 않지만, 오늘 아침에는 왠지 짜증이 났고, 모른다고 하면 선생님이 별말 없이 풀어준다는 것도 알고 있었다.

"몰라? 4번 문제를 응용한 건데."

선생님은 머리를 긁적거리면서 칠판에 문제를 풀었다.

"이건 기초 문제야. 이 정도도 모르면 중학교에 가서 좀 고생스러울 텐데."

급식은 빵과 우유와 귤과 돼지고기 된장국이었다. 급식 당번인 교스케는 앞치마를 두르고 급식 수레를 가지러 간다.

"아싸, 돼지고기 된장국이다."

교스케는 지금까지 돼지고기 된장국이 나온 날에 급식 당번을 한 적이 한 번도 없었다. 교실 뒤에 서서, 한 명 한 명에게 된장국을 떠준다. 모두 스테인리스 식판을 들고 한 줄로 선다. 이제 세명, 이제 두 명, 한 명. 교스케는 가슴이 두근거렸다. 그 녀석 차례다.

"조금만 줘."

그 녀석이 말한다. 교스케는 일부러 국물을 휘휘 저으며 돼지고기를 듬뿍 건져서는 녀석의 식판에 떠준다. 식판에 철철 넘치는 국물을 보고 녀석이 눈살을 찌푸렸다.

"조금만 달라고 했잖아."

"선생님, 노무라가 편식해요."

교스케가 그렇게 소리를 지르자, 오시마 선생님은 축 늘어진 목소리로 대답한다.

"그럼 안 되지. 노무라, 힘내서 먹어봐."

노무라는 커다란 눈으로 교스케를 노려보았다.

엄마가 교스케의 밥그릇에 푹 익어 흐물흐물한 당근을 덜어주었다.

"편식하면 키 안 커."

실제로 교스케는 키가 작았다. 노무라도 여자 아이들 가운데서 작은 편인데, 그런 노무라와 별 차이가 없었다.

"됐어요. 잘 먹었습니다."

교스케는 젓가락을 내려놓고 2층으로 올라갔다. 방으로 들어가자마자 침대에 큰대 자로 벌렁 눕는다. 노무라의 얼굴이 떠오른다. 동물로 치면 밤비라고 교스케는 생각한다. 3학년 때 처음 같은 반이 되었다. 4학년 때는 달랐지만, 5, 6학년을 연달아 같은 반이 되었다. 노무라에 대해서 교스케가 알고 있는 것은 보건위원이고 돼지고기 된장국을 싫어하고 여자 아이치고는 달리기를 잘한다는 정도뿐이었다. 오늘 아침에 그런 일이 있어서, 종일 아무도 교스케에게 사인첩을 들고 오지 않았다. 노무라 역시 마찬가지다. 교스케는 침대에서 내려와 책상 서랍을 열었다. 표지가 파란 사인첩이 들어 있다. 쳇. 교스케는 서랍을 닫고 다시 침대에 벌렁 누웠다.

중학생이 되면 생활이 많이 변하겠지, 하고 교스케는 생각했다. 공부도 해야 될 테고, 선생님들도 오시마처럼 다들 느긋하지는 않을 것이다. 야구나 비밀 기지 놀이 같은 것도 할 수 없게 될 것이다. 반 아이들도 뿔뿔이 흩어진다. 그 녀석은 사립으로 갈 테니까 만나기가 더욱 힘들어질 것이다. 아아, 정글에 살고 싶다.

정글에 살면, 하고 교스케는 생각한다. 집도 없고, 옷도 안 입고, 공부도 안 해도 된다. 동굴을 파서 그 안에서 살자. 사자와 고릴라도 키우고. 사냥을 해서 배를 채우고 껍질은 벗겨서 모포로 삼는다. 옆 동굴에는 그 녀석이 살고, 나는 그 녀석 몫까지 사냥을 한다. 나와 그 녀석 말고는 아무도 없고, 동물도 원숭이나 뱀, 얼룩말처럼 인간과 더불어 살 수 없는 것들만 있었으면 좋겠다.

다음 날, 방과 후에 담임 선생님이 교스케를 교무실로 불렀다. 교무실은 난방을 세게 틀어놔 후덥지근했다. 지금까지 담임이 학생을 교무실로 부른 적은 한 번도 없었기 때문에 교스케는 괜히 가슴이 두근거렸다.

"굳이 오라고 해서 미안하다."

선생님이 말했다.

"무슨 일일 것 같니?"

"모르겠습니다."

"그래, 모르겠지. 오래전 일이니까."

"아, 네."

"작년 봄 체험 학습 때 말이다, 그때 너만 군것질한 게 아니라는 거 알고 있었다. 대표로 혼을 낸 거야. 미안하다."

"아, 네."

"할 말은 그것뿐이다. 이제 곧 졸업이니까, 분명하게 말해야 할 것 같아서 불렀다. 조심해서 돌아가거라."

"네."

뭐야, 대체. 이상한 사람. 현관에서 신발을 갈아 신는데도 여전히 심장이 쿵쿵거렸다. 체험 학습 때 일은 교스케도 물론 기억하고 있었다.

나랑 다카하시랑 시미즈, 그리고 3반 녀석들이 아이스크림을 사 먹었다. 그런데 집합했을 때 나 혼자만 혼이 났다. 하지만 다지나간 일이다. 선생님이 사과를 하다니, 불쾌하다. 쳇. 앞으로 한 달만 얼굴을 마주하면 그만이라고 생각하자 속이 후련했다.

오시마 선생님의 말투와 태도는 늘 교스케를 짜증스럽게 한다. 미안하다니. 이제 곧 졸업이니까, 라니.

"어라."

신발장 속에 표지가 하얀 수첩이 들어 있었다. 사인첩이었다.

"누구 거지?"

교스케는 팔락팔락 페이지를 넘기다가 움찔하면서 손을 멈췄다. 그 녀석이다. 그 녀석의 사인첩이다. 모든 페이지가 '나미에게'로 시작된다. 나미는 노무라의 이름이다. 교스케는 나무 발판을 덜그럭덜그럭 밟으면서 운동장으로 뛰어나갔다. 겨울의 투명한 공기 속으로 힘껏 달린다. 가방이 덜렁거렸다.

집으로 뛰어 들어가, 다녀왔다고 한마디 고함을 지르고는 계단을 껑충껑충 뛰어올라 자기 방으로 들어갔다. 가방 속에서 사인첩을 꺼냈다. 노무라의 사인첩. 한 페이지씩 꼼꼼하게 읽는다. 똑같은 말만 적혀 있다. 졸업, 추억, 헤어짐, 미래.

"쳇, 하나도 재미없잖아."

소리 내어 그렇게 중얼거리고 책상 위로 휙 던졌다.

그런데 그 후로 사인첩이 줄곧 머리에서 떠나지 않았다. 저녁을 먹을 때도, 목욕을 할 때도, 텔레비전을 볼 때도, 교스케는 머리 한구석으로 사인첩을 생각했다. 다들 듣는 데서 난 안 쓸 거야, 라고 선언했다. 그러니 쓸 수가 없다. 그런데도 신발장 안에 몰래 넣어두다니. 누가 써주나 보라지. 교스케는 평소보다 조금 빨리 자기 방으로 돌아왔다.

문을 닫자, 책상 위에 놓은 하얀 사인첩이 제일 먼저 눈에 띄었다. 아아, 역시 나는 정글에 살고 싶다. 정글에는 졸업 같은 것도 없잖아. 그야 물론 중학교에 가면 좋은 일도 있을 것이다. 그 녀석보다 귀여운 여자 아이도 있을 테고, 오시마 선생님보다 멍청한 선생님도 있을 것이다. 하지만 그 여자 아이는 그 녀석이 아니다. 선생님도 오시마 선생님이 아니다. 나 역시, 지금의 나와는 달라질 수도 있다. 교스케는 책상 앞에 앉아 파란 사인펜으로 사인첩에 이렇게 썼다. 아주 커다랗게.

　　노무라에게.
　　우리에게 내일은 없다.
　　　　　　　　　　　구레바야시 교스케

　언젠가 본 영화 제목이 지금 교스케의 심정 그대로였다.
　다음 날, 교스케가 사인첩을 돌려주자 노무라는 고맙다면서 생긋 웃었다. 책상 서랍에 들어 있는 자신의 사인첩이 교스케의 뇌리를 스쳤다. 그 녀석 신발장에 넣어두면 녀석은 뭐라고 쓸까. 여자 아이니까 또 추억이니 이별이니 하는 말이나 늘어놓을까. 교스케는 왠지 목덜미가 간질간질한 느낌이 들었다. 유리창으로 비치는 햇살에 교실이 환하다.
　"안녕. 다들 왔냐?"
　교실로 들어선 오시마 선생님이 평소와 다름없는 얼빠진 목소리로 말한다. 벌써 3월이 시작되고 있었다.

모모코

손님도 거참, 난감한 분이올시다. 호기심이 어지간히 많으신 게로군요. 하기야 보지 말라고 하면 더 보고 싶어지는 것이 인간의 심리라는 것이겠습니다만. 저런, 땀을 다 흘리시고. 하나 안심하세요. 저 사람은 저 방에서 나올 수가 없어요. 게다가 저런 꼴을 하고 있어도 살아 있는 사람이올시다. 덴류라고 하는 이 절의 수행승이지요.

벌써 5년이나 지난 옛일이올시다. 이 절에서 어린 여자 아이 하나를 맡게 되었죠. 부모님은 사고로 돌아가셨는데, 그 아이를 돌봐줄 큰아버지 부부가 외국에 출장 중이었습니다. 그래서 그 사람들이 귀국할 때까지 석 달 동안 아이를 맡기로 한 것이지요.

갓 일곱 살이 된 선이 가늘고 연약한 아이였어요. 이름은 모모코라고 했지요.

당시 덴류는 열아홉 살이었고, 입산한 지 2년째인 성실한 수행승이었지요. 접수 일을 맡고 있던 그 덴류에게 모모코를 돌봐주라고 지시했습니다. 그래봐야 모모코는 내 거처에서 먹고 자고 하는 데다 덴류도 다른 수행승과 마찬가지로 아침저녁으로 독경이다 좌선이다 매일 해야 할 일이 있었으니, 실제로는 낮에 놀아주는 정도였지만요.

그런데 모모코는 도통 말이 없는 아이였어요. 말도 없고 웃지도 않는데, 간혹 아주 어른스러운 표정을 지었어요. 그 모습이 짧은 단발머리와는 도무지 어울리지 않으면서 아주 섹시한 느낌을 풍겼습니다. 아니 뭐, 그렇게 놀라실 필요 없습니다. 일곱 살짜리라도 여자는 우습게 볼 수 없으니까요.

그런 모모코가 덴류만은 몹시 따랐습니다. 복도에 돌을 늘어놓고 가게 놀이를 할 때든 큰방에서 숨바꼭질을 할 때든 덴류 앞에서는 곧잘 웃었지요.

어느 날, 내가 마당을 내다보고 있자니 덴류가 매미를 잡고 있더군요. 모모코가 잡아달라 떼를 썼던 게지요. 날씨도 아주 좋은

8월의 아침이었습니다. 모모코가 또 뭐라고 떼를 쓰는가 싶더니, 덴류가 매미의 날개를 천천히 뜯어내더군요. 그러고는 툇마루에 매미를 내려놓고 둘이 히죽히죽 웃으면서 구경을 하지 뭡니까. 매미는 뜻하지 않은 재난에 갈팡질팡하더니 결국은 마당으로 툭 떨어졌습지요.

그날 밤, 나는 덴류를 불러다 앉혀놓고, 살생한 일을 꾸짖었습니다. 덴류는 고개를 푹 숙이고 이렇게 대답했지요.

"죄송합니다."

그 눈빛이 잘못을 숙연하게 반성하는 듯 보였어요.

그런데 그 후 두 사람의 놀이는 날로 도가 심해졌습니다. 지렁이를 잡아 햇볕에 말리지를 않나, 개미를 잡아 물에 집어넣지를 않나. 덴류를 몇 번이나 꾸짖었지만 죄송하다고만 할 뿐 그칠 기미가 보이지 않아 한번은 모모코를 불러다 물어보았지요. 그런데 모모코는 아무리 달래고 얼러도 입을 꼭 다물고 말이 없었어요. 정말 고집스럽게 입을 꼭 다물고 있더군요. 그런데 갑자기 장지문이 휙 열리더니, 새파랗게 질린 덴류가 문 앞에 서 있지 뭡니까.

"제 잘못입니다."

"너를 부르지 않았다."

덴류가 머리를 조아리고 죄를 비는데도 모모코는 멀거니 구경만 하더니, 갑자기 고개를 이쪽으로 휙 돌리며 이러는 거였어요.

"다시는 안 할게요."

그 후로 두 사람은 더는 살생을 하지 않았습니다. 그렇다고 전처럼 가게 놀이를 하거나 숨바꼭질을 하지도 않았지요. 둘이 방에 꼭 틀어박혀 있을 뿐이었습니다.

그즈음부터 덴류가 이상해지기 시작했어요. 아시다시피 좌선이란 정신을 단련하는 것인데, 앉아 있는 모양새가 날로 흐트러져 갔지요. 등에 사념이 고스란히 드러나 있었어요. 뿐만이 아닙니다. 독경을 하는 목소리도 탁해지고, 걸레질을 하는 소리까지 둔해지고 말았지요. 물론 표정도 멍해졌습니다.

그런데 모모코는 정반대로 눈에 띄게 생기발랄해졌지요.

그러던 어느 날, 밤중에 눈을 퍼뜩 떴는데 모모코의 이부자리가 비어 있었어요. 서둘러 수행승들의 잠자리로 가보았더니, 아니나 다를까 덴류도 없더군요. 헐레벌떡 밖으로 나가 찾아보았습니다. 초승달이 무척 아름다운 밤이었지요. 두 사람은 개울 건너에서 반딧불을 쫓으면서 재미나게 조잘대고 있더군요. 밤의 공기 속에서 두 사람의 하얀 유카타가 부옇게 어른거렸습니다.

그런데 그때는 뭐라 말을 걸지 못했어요. 그래서 다음 날 아침에 덴류를 방으로 불렀지요. 덴류는 또 고개를 푹 숙이고 이렇게 말하더군요.

"사념이 떠나지를 않습니다. 떨쳐내려 하면 할수록 더더욱 마음을 뒤덮습니다."

내가 잠자코 아무 말을 않자, 덴류는 고개를 똑바로 쳐들고 내 얼굴을 빤히 쳐다보면서 이렇게 말하더군요.

"사랑에 빠졌습니다."

"호, 사랑이라……사랑."

나는 일소에 부치고 말았습니다.

"덴류, 대체 어찌 된 일이더냐? 모모코는 아직 어린아이가 아니냐. 그런 아이를 두고 사랑이라니."

덴류는 다시 고개를 떨어뜨렸습니다.

"큰스님은 사랑을 잊으셨지요?"

"그만 물러가거라. 모모코는 물론 너 역시 어린아이로구나. 그리고 무엇보다 수행 중인 몸이 아니더냐. 한동안 선방에서 나오지 말거라."

사실 나는 당황스러웠습니다.

일주일쯤 지나 덴류가 산에서 내려가고 싶다는 말을 꺼내더군요. 모모코와 둘이 내 방을 찾아와서 말입니다.

"하산할까 합니다."

그러고는 다다미에 손을 대고 머리를 조아렸지요. 덴류에게 배웠는지 옆에 앉아 있던 모모코도 같이 머리를 조아리더군요. 통통하고 하얗고 조그만 손이었습니다. 그날은 마침 여름 축제 날이어서, 멀리서 피리와 큰북 소리가 들려왔지요.

"하산을 하여 뭘 할 작정이냐?"

"모모코와 함께 살면서 일거리를 찾겠습니다. 모모코는 의지할 곳이 없는 아이입니다."

"어리석은 소리 하지 말거라."

나는 고함을 쳤지요.

"하산을 하고 싶거든 너 혼자서 내려가거라. 모모코는 이 절에서 맡기로 한 아이다."

모모코는 두 손을 무릎에 얌전히 올려놓은 채, 말없이 눈물을 뚝뚝 흘리더군요.

"덴류, 앞으로 모모코는 내가 보살피겠다. 너는 이틀 동안 똑바로 앉아서 단식을 하거라. 그래도 하산을 하고 싶으면 네 뜻대로 하거라. 모모코는 이제 곧 떠날 아이다. 그 전까지 절 밖으로 내보낼 수 없으니, 그리 알거라."

가마를 멘 사내들의 함성이 바로 옆에서 울려 퍼졌습니다.

9월이 되자 공기가 한결 맑아지면서 산바람도 서늘해졌지요. 덴류는 이틀 동안 좌선을 한 후에 접수를 담당하던 원래의 자리로 돌아갔습니다. 눈빛이 마치 넋 나간 사람처럼 희멀겠지요. 그래도 시키는 일은 다 했습니다. 모모코 역시 말도 없고 웃지도 않는 아이로 돌아가기는 했지만, 얌전히 책을 읽으며 지냈어요. 나는 다행이다 싶어 안도의 한숨을 쉬면서 어린아이 마음이야 시간이 흐르면 어떻게 되겠지, 하고 쉽게 생각했습니다.

모모코의 큰아버지 부부가 절로 찾아온 것은 9월 중순쯤이었지요. 그날은 마침 수행승 전원이 본당에 모여 독경을 하는 날이었는지라, 덴류 모르게 모모코를 큰아버지 부부 손에 넘겨줄 수 있었습니다. 모모코도 의외로 순순히 인사를 하고 돌아섰는데, 막상 택시에 오를 때가 되자 눈물을 글썽이더니 고개를 푹 숙이고는 눈물을 뚝뚝 흘리면서 훌쩍거리지 뭡니까. 그때였어요. 단발머리가 흔들리면서 몸이 살짝 뜨는가 싶었는데, 다음 순간 모모코는 부리가 빨간, 하얗고 가녀린 새가 되고 말았습니다.

네, 물론 믿을 수 없으시겠지요. 하지만 새는 동그란 눈으로 내 얼굴을 올려다보고는, 가을이 시작된 하늘로 날아올랐어요. 그리고 그 자리에는 빨간 개여뀌가 두세 송이 흔들릴 뿐이었죠.

본당으로 돌아가자 수행승들의 독경 소리가 나지막하게 들리더군요. 뒷문을 열고 들여다보니 어두컴컴한 방 안에 쉰 명쯤 되는 수행승들의 뒷모습이 나란하고, 그 한가운데쯤에서 덴류도 독경을 하고 있었습니다. 그런데 그 덴류의 정수리에서 10센티미터 정도의 가느다란 줄기가 뻗어 나와 있고 그 끝에 파란 꽃이 피어 있는 것이었어요. 그 색이 얼마나 파랗던지, 사방의 소리를 다 빨아들여 그곳만 깊고 차가운 정적에 싸인 듯했습니다.

하얀 새가 돌아온 것은 그로부터 반년쯤 지나서였습니다. 그 다음은 손님이 보시는 대로입니다. 꽃은 점점 더 파랗게 아름답게 피어났고, 새는 꽃을 떠나지 않았지요. 덴류는 날로 여위어 지금은 눈만 커다래졌지요. 그렇게 5년을, 매일 저렇게 같은 자리에 앉아 넋이 나간 듯 멍하게 지내고 있습니다.

손님, 사람을 사랑한다는 것은 참으로 대단한 일이더군요. 정말 대단한 일이에요. 자, 이제 밤도 깊었으니, 이부자리를 깔라

하지요. 이렇게 깊은 산속까지 걸어오셨으니 몹시 피곤하시겠지요. 저런, 오늘 밤도 초승달이 아주 아름답군요.

쿠사노조
이야기

　세상 물정 모르는 울보에 밤에는 혼자 화장실도 못 가는 엄마가 어떻게 지금까지 여자 혼자 몸으로 날 키웠는지 이상하게 여기고 있었다. 그러면서도 나는 여배우는 꽤 돈을 잘 버는 직업인 모양이라고 편하게 생각했다.

　5월, 중학교 생활에 익숙해진 나는 오후 수업을 빼먹고 일찌감치 영화를 보러 갔다. 그런데 전철 안에 분홍색 기모노를 입은 엄마가 있었다.

　'어디 가는 거지?'

　그런 의문은 품었지만 나는 학교에서 슬쩍 빠져나온 몸, 함부로 말을 걸 수도 없어 멀리서 바라만 보았다. 엄마는 품에 조그만 보자기 꾸러미를 안고 있었다.

전철에서 내린 엄마는 역 앞에 있는 상점가를 종종걸음으로 걸어가, 채소 가게 앞에 멈춰 섰다. 그리고 천천히 보자기를 풀더니 안에서 말린 전갱이(로 보였다)를 꺼내 땅에 내려놓고, 마치 무덤을 향해 기도라도 하듯 두 손을 가지런히 모았다. 그러고는 어리둥절해 있는 내 옆을 쓱 지나 서둘러 역으로 돌아갔다.

7월의 어느 일요일, 늦잠을 자고서 잠옷을 입은 채로 부엌에 가보았더니, 엄마는 마당에 나가 있었다. 화창하고 조용한 오후였다. 엄마는 비파나무 아래에 서서 사무라이 복장을 한 남자와 얘기를 나누고 있었다. 감색 기모노에 칼을 차고 상투까지 튼 의젓한 사무라이였다. 좀 유별난 동료 배우이겠거니 했는데, 배우치고는 사무라이 모습이 지나치게 상투적이었다. 그 사람이 쿠사노조였다.

엄마는 양산을 빙글빙글 돌리며 마치 여학생처럼 두 볼을 붉히고 있었다. 샌들을 대충 걸쳐 신고 나도 마당으로 나갔다.

"엄마, 손님이야?"

엄마는 움찔 놀라며 잠시 내 얼굴을 쳐다보더니, 생긋 미소 지었다.

"쿠사노조 씨라고, 네 아빠야."

나는 내 심장이 이렇게 튼튼하길 정말 다행이라고 생각했다.

엄마가 해준 이야기는 이랬다. 쿠사노조 씨는 명실상부한 사무라이고, 또 명실상부한 유령인데 엄마에게 한눈에 반했다. 신인 여배우였던 시절, 엄마는 역사 드라마의 단역을 맡았다. 대사는 딱 한마디였지만, 저세상에서 그 드라마를 보던 쿠사노조 씨는 "애처롭게 되었군요."란 한마디에 오금이 저렸다. 그래서 가만히 있을 수가 없어 이 세상을 찾아왔다. 두 사람은 사랑에 빠졌고, 경사스럽게도 내가 태어났다.

"그 후로 13년 동안 쿠사노조 씨는 늘 엄마를 도와주셨어."

"도와주다니, 어떻게?"

"이런저런 의논도 같이 했고, 잠이 잘 안 오는 밤에는 자장가도 불러주었고, 돈이 궁할 때는 돈도 빌려주었고."

"유령이 돈을 빌려줘?"

"그럼, 소중한 칼이랑 접시 같은 걸 팔아서."

"……."

"그래서 엄마도 5월에는 잊지 않고 산소를 찾아가는 거야."

엄마의 설명은 이랬다.

1622년 5월 7일, 쿠사노조는 일대일 승부 끝에 장렬하게 죽어 저세상으로 갔는데 그 장소가 현재의 채소 가게였다. 그러니까 엄마는 그날, 5월 7일 기일을 맞아 쿠사노조가 좋아하는 것을 싸 들고 성묘를 하러 갔던 것이다. 나는 어이가 없었다.

가까이에서 보니 쿠사노조는 의외로 몸집도 크고 상당한 미남 이었다. 떡 벌어진 어깨에 고개를 숙이고 있었다. 몹시 긴장한 듯 보였다. 물론 나도 긴장했다.

"왜 둘 다 입을 꾹 다물고 있어?"

이상하다는 듯 말하는 엄마를 보면서 정말 천진난만한 사람이 라고 생각했다.

"처음 뵙겠습니다."

할 수 없이 내가 먼저 입을 열었다.

"안녕."

낮은 목소리였다.

"너는 처음이겠구나. 나는 늘 너를 보고 있었는데."

기분이 야릇했다. 늘 보고 있었다니, 영 찝찝하다. 나는 무뚝 뚝하게 인사하고는 얼른 방으로 들어가 버렸다. 그렇다, 나는 유 령의 아들이었다.

그날 이후로 쿠사노조는 심심하면 내 앞에 나타났다. 유령이라는 처지마저 잊고 실로 당당하게 사람 앞에 모습을 나타냈다. 그는 종종 학교 앞에서 나를 기다렸다. 불쑥 튀어나오는 바람에 내가 놀라면, 쿠사노조는 풀이 죽어서 이렇게 말하며 쓸쓸히 웃었다.

"역시 무서운 게로구나."

쿠사노조와 함께 걸어가면 모두의 눈길이 우리에게 쏠렸다. 하지만 아무도 호들갑을 떨거나 겁내지 않았다. 설마 진짜 사무라이는 아니겠지, 하고 생각하는 듯했다. 게다가 재미를 붙인 쿠사노조는 아주 대담하게 거리를 활보했다. 그는 걸으면서 곧잘 노래를 흥얼거렸다. 부드러운 목소리였지만 그의 우락부락한 얼굴과는 영 어울리지 않았다.

그러다 쿠사노조와 나는 매일 함께 산책을 하게 되었다. 엄마는 점점 더 천진난만해졌다. 우리는 마치 한가족처럼, 같이 식사를 하고 같이 텔레비전을 보았다.

10월의 어느 밤, 엄마가 불러서 욕실에 갔더니 쿠사노조가 먼저 들어가 있었다.

"아빠 등 좀 밀어드려라."

움찔움찔 물러서는 내 심정도 모르는 채 엄마는 생글거리며 욕실에서 나갔다. 홀로 남은 나는 유령과 함께 목욕까지 하게 되었다.

쿠사노조의 몸은 하얗고 아름다웠다. 욕실 창문으로 초승달이 보였다.

"너는 사무라이의 아들이라는 게 싫으냐?"

욕조에 몸을 담근 채 쿠사노조가 물었다.

"아닌 밤중에 홍두깨 같아서."

조금 당황한 나는 엉겁결에 그렇게 대답했다.

"후타로, 너 지금 몇 살이냐?"

"열세 살."

"그래. 이제 어엿한 남자로구나."

쿠사노조가 씩 웃었다. 나는 가슴이 찡했다.

12월, 맛있는 먹을거리와 포도주, 레코드. 그야말로 그림 속에나 있을 법한 멋들어진 크리스마스였다. 나와 엄마는 쿠사노조에게 빨간 스웨터를 선물했다. 쿠사노조는 그 스웨터를 기모노 위에 겹쳐 입고서 말했다.

"이거 참 따뜻하구나. 그런데 미안하게 되었군. 크리스마스에 선물을 하는 습관이 있다는 것을 전혀 몰랐어.”

물론 우리는 쿠사노조의 선물 따윈 애당초 기대하지 않았다.

엄마와 쿠사노조는 왈츠를 추었고, 나는 춤추는 부모님을 보면서 후후후 하고 웃었다. 왜인지는 모르지만, 후후후 하고 절로 웃음이 나왔다.

춤을 다 추고 나자, 쿠사노조가 말했다.

“후타로, 이제 네 차례다.”

물론 나는 손사래를 치면서 거부했다. 엄마와 왈츠를 추다니, 말도 안 된다. 쿠사노조는 그가 곧잘 보여주는 한쪽 볼만 일그러지는 쓸쓸한 미소를 띠고서 말했다.

“춤은 싫다고. 하지만 앞으로 자장가는 불러드리거라. 나는 이제 오지 않을 테니까. 레이코 씨를, 후타로 너에게 맡기마.”

나는 또 움찔 놀랐다. 전혀 예기치 못한 일이었다. 지금까지 마음 한구석으로 느끼고는 있었지만, 모르는 척 시치미를 뗐던 책임이 갑자기 내게 떠안겨진 것이다. 엄마는 가만히 선 채, 아이처럼 솔직한 목소리로 말했다.

“가지 마세요.”

“이게 순리요. 더는 내가 필요치 않소.”

"가지 마세요, 가지 마세요."

엄마는 다른 말은 모르는 것처럼 똑같은 말을 되풀이했다. 모기 우는 소리 같은 목소리였다. 나는 어쩌면 좋을지 몰라 우선은 엄마의 어깨를 껴안았다.

"레이코 씨를 잘 부탁하마."

쿠사노조가 고개를 숙이자 엄마는 그제야 체념했는지, 분명한 말투로 이렇게 말했다.

"내가 죽거든, 이 집을 꽃밭으로 만들어주세요. 그 꽃밭 한가운데에 무덤을 만들어주세요. 그리고 그곳에서 함께 살아요."

쿠사노조는 천천히 웃었다.

"그럼, 이만."

쿠사노조는 단호하게 말하고는 보통 사람처럼 현관으로 나갔다. 그리고 그게 끝이었다.

이게 쿠사노조 이야기의 전부다. 엄마는 지금도 해마다 5월이 되면 전갱이를 싸 들고 가, 채소 가게 앞에서 두 손을 가지런히 모은다.

마귀할멈

도키오는 아파트 주차장에 서 있는 빨간 자동차 뒤에 쪼그리고 앉아 숨까지 죽이고는 꼼짝하지 않았다. 어두컴컴한 주차장에 저벅저벅 발소리가 울리자 심장이 터질 정도로 쿵쿵거렸다.

"유타카 찾았다. 마리코 찾았다."

히로시가 고함을 지르자 모두들 뛰어나갔다. 주차장에서 밖으로 나가니 공기가 파르스름한 게 벌써 저녁때였다. 와! 하고 환성이 일었다. 히로시가 깡통을 걸어차고 이번에는 유타카가 술래가 되었다.

퍽. 여기저기 일그러진 깡통이 맥없는 소리를 내며 다시 날아오르자, 술래만 남겨놓고 모두 뛰기 시작했다. 도키오는 삼거리까지 뛰어갔다가 문득 생각났다는 듯 멈춰 서서 빙글 돌아 뒤를 보았다.

"역시."

역시, 그랬다. 지붕이 파란 집 창문에서 오늘도 할머니가 도키오 쪽을 내다보고 있었다. 파란 지붕 집은 그곳에서 담 하나를 사이에 둔 양배추 밭 너머에 있었다.

"나, 그만 할래."

툭 내뱉고는 도키오는 담을 기어올라 훌쩍 뛰어내렸다. 흙먼지가 풀풀 일었다.

"야, 어디 가는 거야? 거긴 양로원이잖아."

등 뒤에서 유타카의 목소리가 들렸다. 아이들은 치매에 걸린 노인들이 많아 무섭다며 지붕이 파란 그 집에는 가까이 가지 않는다. 젊은 여자의 피를 빨아 먹고 사는 할머니가 있다느니, 아이들의 살로 만든 햄버그스테이크를 가장 좋아하는 할아버지가 있다느니, 갖가지 소문이 나돌았다.

그 양로원에서는 일주일에 한 번 간호사들이 노인들을 데리고 산책을 하러 나온다. 도키오가 할머니를 만난 것도 그렇게 산책을 할 때였다. 벌써 한 달쯤 된 듯하다. 할머니는 강둑에 앉아 아랫길에서 아빠와 공을 주고받는 도키오의 모습을 내려다보고 있었다.

"그만 가자, 도키오."

아빠가 그렇게 말했을 때, 천천히 일어선 할머니가 갑자기 큰 소리를 질렀다.

"네 이름이 도키오냐? 난 도키, 인데."

할머니는 깜짝 놀랄 만큼 힘찬 걸음으로 성큼성큼 다가왔다. 햇볕에 탄 가무잡잡한 얼굴에 깡마르고 키가 아주 작았다.

"우리 친구할까?"

할머니는 얼굴 가득 환히 웃으며 그렇게 말했다.

그 후로 할머니는 날마다 창문으로 도키오를 내다보았다. 놀러 와주기를 기다리고 있는지도 모르겠다. 도키오는 몇 번이나 그렇게 생각했지만 용기가 나지 않았다. 양배추 밭 너머 파란 지붕 집 하면 아이들에게는 도깨비 집이나 다름없는 곳이었다.

하지만 지금은 결심이 섰다. 도키오는 가슴을 쫙 펴고 양배추 밭 한가운데로 나 있는 좁은 길을 뚜벅뚜벅 걸어갔다.

"야, 빨리 돌아와! 마귀할멈이 있단 말이야!"

"널 햄버그스테이크로 만들어버리면 어쩌려고!"

모두가 떠들어대는 소리가 뒤에서 들려왔다.

조그만 현관으로 들어가 병원의 대기실 같은 공간을 지나자 계단이 보였다. 그 창문을 찾았다. 할머니의 방이 어딘지 금방 알 수 있었다. 색 바랜 다다미 위에 냉장고와 텔레비전이 놓여 있었다. 도키오는 모자를 벗고 인사를 했다.

"기다리고 있었다. 이분들은 룸메이트인 유리코 씨, 겐 씨, 그리고 히사시 씨야. 이 아이는 내 친구 도키오랍니다."

할머니는 차례차례 소개를 하고 냉장고에서 주스를 꺼내주었다. 할머니가 룸메이트란 단어를 쓴 것이 내심 우스웠다. 속으로 키득 웃자 긴장이 확 풀렸다.

"날마다 깡통 차기를 하더구나."

할머니가 말했다.

"도키 씨는 그런 너를 날마다 쳐다보았고."

히사시 씨가 말했다. 히사시 씨는 흰머리를 짧게 자른, 피부가 하얀 할아버지였다.

"쳐다보다 보면 나도 같이 놀고 있는 기분이 들었지."

할머니가 그렇게 말하면서 소리 없이 웃었다.

긴 머리를 왼쪽으로 땋아 내리고 하얀 유카타를 입은 유리코 씨는 방 한구석에서 빨간 방석에 앉아 열심히 콩 주머니 놀이를 하고 있었다. 그러다 도키오의 시선을 느끼고는 환하게 미소 지었다. 조그맣고 하얗고 천진한 얼굴이었다.

"아이스크림이 있으니까 먹으렴. 네가 올 날을 기다리며 사두었다."

할머니가 말했다. 돌처럼 딱딱하게 언 바닐라 아이스크림에서 냉장고 냄새가 났다. 아주 오래전에 사둔 모양이지. 도키오는 그렇게 생각하면서 아까부터 창가에서 담배를 피우고 있는 겐 씨라는 할아버지의 옆얼굴을 힐끔 훔쳐보았다. 살이 투실투실하고 조금은 험상궂은 얼굴이었다.

"텔레비전 보련? 오노구니 나올 차례가 다 되었을 텐데."

"오노구니요? 에이, 스모 하면 마스다야마가 최고죠."

스모를 좋아하는 히사시 씨와 도키오는 손발이 척척 맞아떨어졌다. 도키오는 속으로, 햄버그스테이크니 뭐니 순 거짓말이라고 중얼거렸다.

그날 이후로 도키오는 날마다 학교에서 돌아오는 길에 양로원에 놀러 갔다. 할머니가 한 아름 간직하고 있는 유리구슬과 옛날 돈, 오래된 사진과 추억담이 냉장고에서 그를 기다리는 아이스크림이나 바나나보다 훨씬 매력적이었다.

어느 날, 할머니가 도키오에게 산책을 하자고 했다.

"마당에 협죽도 꽃이 한창이란다."

정말 한여름의 뜨거운 햇살 속에 동글동글하고 빨간 협죽도 꽃이 졸린 듯이 피어 있었다. 매미가 요란스럽게 울고 있다.

"가끔은 자리를 피해줘야지."

도키오가 무슨 소린지 몰라 어리둥절해하자 할머니는 중대한 비밀이라도 털어놓듯 말했다.

"유리코 씨와 겐 씨 얘기다."

"와."

도키오는 정색한 표정으로 그렇게 대답했지만, 한편으로는 신기한 느낌이 들었다. 할머니와 할아버지가 사랑에 빠지다니, 도키오는 생각지도 못한 일이었다.

그날 밤, 저녁밥을 먹을 때 엄마가 말했다.

"왜 그렇게 안 먹니?"

"오늘 할머니한테 갔다가 수박 먹었거든."

"얘는 정말."

엄마는 조그맣게 한숨을 쉬었다.

"미안해요. 앞으로는 조심할게. 저녁때가 되면 먹으라고 해도 안 먹을게."

"먹는 것 때문에 하는 얘기가 아니야."

"그럼 왜?"

도키오가 묻자 엄마는 아빠의 얼굴을 쳐다보았다.

"아무튼, 앞으로는 양로원에 가서 그렇게 오래 놀지 마라."

텔레비전 앞에서 야구를 보던 아빠가 말했다.

"왜냐니까?"

"왜는 뭐가 왜야."

친구가 되었는데 가지 말라니, 그런 법은 없다. 도키오는 부루 퉁한 얼굴로 새우튀김을 와삭 씹었다.

여름방학이 절반쯤 지났을 때였다. 도키오가 양로원에 놀러 갔더니 계단에 겐 씨가 서 있었다. 하얀 러닝셔츠 위로 거뭇거뭇 하고 울퉁불퉁한 팔이 나와 있고, 담배를 피우고 있었다.

"이제 그만 찾아오는 게 좋겠다."

도키오는 화가 났다. 아빠가 그러는 건 몰라도 겐 씨에게까지 그런 소리를 듣고 싶지 않았다.

"비키세요."

겐 씨는 계단에 선 채 할머니의 방을 향해 똑바로 걸어가는 도키오의 뒷모습을 쳐다보았다.

방문을 열고 들어섰다. 할머니는 창문 옆에 앉아 도키오를 보고서도 모르는 척했다.

"할머니, 저 왔어요."

도키오가 인사를 하자 할머니는 고개를 끄덕거렸다.

"엊그제부터 갑자기 이 모양이다."

히사시 씨가 거리낌 없이 말했다. 할머니는 창밖을 바라보고 있었다. 도키오가 반신반의하며 서 있는데, 할머니가 갑자기 자지러지는 소리로 외쳤다.

"도키오. 아이고, 우리 도키오로구나."

놀라는 도키오에게 매달리는 할머니의 머리칼이 엉망진창으로 흐트러져 있었다.

"겨우 찾았구나, 도키오. 다시는 놓지 않을 거다. 날 여기서 내보내다오, 도키오. 죽어도 같이 죽자, 우린 친구니까."

주름투성이의 야윈 팔 어디에서 그런 힘이 나오는지, 겐 씨가 끼어들어 할머니를 떼어놓은 후에도 도키오는 잠시 움직일 수가 없었다. 등이 서늘하고 무릎에 힘이 들어가지 않았다. 방구석에서는 유리코 씨가 여전히 콩 주머니를 던지고 있었다. 히사시 씨는 스모를 보고 있었다.

역시 마귀할멈이었어. 모두 마귀할멈, 마귀할아범이야.

"제길."

도키오는 그렇게 소리치며 뛰쳐나갔다. 무섭고 분해서 눈물이 그치지 않았다. 눈 속에서 협죽도 꽃이 어른거렸다.

다시 도키오는 깡통 차기 놀이를 하는 나날로 돌아갔다. 파란 지붕 집에서 무슨 일이 있었는지는 누가 물어도 입을 꾹 다물고 대답하지 않았다. 파란 지붕 집은 점차 모두의 화제에서 멀어졌다. 학교에 갔다 오고, 저녁밥을 먹은 후에는 나가 노는, 여느 때의 생활이 돌아왔다. 그리고 어느 틈에 가을이 왔다.

"도키오, 찾았다!"

유타카의 목소리를 들은 도키오는 누구든 유타카보다 먼저 깡통을 차주었으면 좋겠다고 생각하면서 화단에서 슬금슬금 기어나왔다. 그다음 순간, 도키오는 몸을 움찔 움츠렸다. 앞에서 간호사 둘이 할아버지 둘과 할머니 둘을 부축하며 걸어오고 있었다. 일주일에 한 번 있는 산책 날이었다. 도키오의 심장은 터져나갈 정도로 쿵쿵거렸고 손끝은 싸하게 차가워졌다. 숨고 싶은

데 몸이 움직이지 않았다. 할아버지는 겐 씨와 히사시 씨였다. 할머니는 유리코 씨와 잘 모르는 다른 할머니였다.

"어이구, 도키오. 오랜만이구나."

히사시 씨가 한 손을 들고 말했다.

"네."

도키오가 간신히 대답하자 히사시 씨는 싱긋 웃으면서 반갑다는 듯 말했다.

"이 분은 야에 씨야. 아오모리 출신이라서 데와노하나 선수를 응원한대."

그 할머니는 커다란 몸집에 짧은 단발머리를 하고 있었다. 아무 대꾸가 없는 도키오의 의문에 답하듯 겐 씨가 말했다.

"도키 씨는 다른 방으로 옮겼어."

도키오는 겨우 마음이 놓였다. 돌아가신 건 아니었어. 그런 도키오의 마음을 꿰뚫어 보듯 겐 씨가 싱긋 웃고는, 울퉁불퉁한 손으로 유리코 씨의 등을 껴안고 걸어갔다. 유리코 씨는 여전히 긴 머리를 땋아 내린 모습으로 손에는 구깃구깃한 조그만 종이봉투를 들고 있었다. 알고 있다. 그 안에는 콩 주머니가 들어 있을 것이다. 유리코 씨는 콩 주머니를 한시도 손에서 떼어놓지 않는다.

도키오는 노인들의 뒷모습을 바라보면서, 지난여름 협죽도가 피어 있는 마당에서 도키 할머니가 했던 말과 그때의 장난기 어린 표정을 떠올렸다.

"유리코 씨와 겐 씨야."

삼거리에서 히로시가 달려왔다.

"야, 도키오. 왜 멍하고 있는 거야? 네가 술랜데."

"어? 응."

해는 완전히 기울었고, 집집의 창문에서 저녁밥 짓는 냄새가 풍겨 나왔다.

"우리 집, 오늘 저녁 햄버그스테이크야. 나 먼저 갈게."

마리코가 몸을 휙 돌리고는 뛰어갔다.

"나도 이제 가야겠다."

도키오가 그렇게 말하자 히로시는 입을 비죽 내밀며 투덜거렸다.

"뭐야, 의리 없이."

도키오는 애매한 미소를 지으며 히로시와 유타카에게 손을 흔들었다.

하루 종일 그 노인들의 모습이 도키오의 뇌리에서 떠나지 않았다. 새로운 룸메이트와 재미나게 얘기하는 히사시 씨를 생각하면 도키오는 몹시 씁쓸한 기분이 들었다. 그렇게 천연덕스러울 수 있다니. 그리고 겐 씨와 유리코 씨가 서로에게 몸을 기대듯 나란히 걷는 것도 못마땅했다. 왠지 도키 할머니만 가엾게 느껴졌다. 나와는 무관한 일이다. 그렇게 생각하면서 떨쳐버리려 애썼지만 기분이 영 개운치 않았다.

다음 날도 그다음 날도 할머니 생각이 도키오의 머리 한구석을 차지하고 있었다. 노망이 들면 방을 옮겨야 하는 것일까. 옮긴 방에도 룸메이트가 있을까. 어쩌면 혼자 있어야 하는지도 모른다. 말썽을 피우니까, 감옥 같은 방에 갇힐 수도 있다. 도키오의 가슴에 독방에 홀로 우두커니 앉아 있는 할머니의 모습이 떠올랐다. 소름이 끼쳤다. 머리를 마구 저으며 그 모습을 밀어내려고 했다.

"간다!"

찌그러진 깡통을 향해 유타카가 달려온다. 아, 내가 술래였나. 유타카가 깡통을 찼다. 도키오는 깡통을 주워 들고 눈을 감은 채 열까지 세었다. 모두가 숨으러 가는 발소리가 들린다.

"……일곱, 여덟, 아홉, 열."

반짝 눈을 뜨자 울타리 너머로 가을 햇살이 비치는 양배추 밭

이 보였다. 그리고 파란 지붕 집의 끄트머리 창문으로 얼굴을 내밀고 있는 할머니가 보였다. 할머니는 무표정한 얼굴에 퀭한 눈빛으로 도키오를 쳐다보고 있었다.

"미안하다. 나, 그만 할래."

숨어 있는 모두에게 들리도록 큰 소리로 그렇게 외친 도키오는 울타리를 기어 올라갔다.

정신없이 뛰었다. 파란 지붕 집에 도착했을 때는 숨이 차서 헉헉, 어깨와 배가 위아래로 오르내렸다. 계단을 뛰어올라 끄트머리에 있는 방문을 두드렸다. 가녀린 목소리가 "네." 하고 대답했다. 말끔한 다다미가 깔려 있고, 텔레비전과 냉장고가 있는 제대로 된 방이었다. 병실처럼 침대가 두 대 놓여 있고, 할머니는 그중 하나에 덩그러니 앉아 밖을 보고 있었다. 다른 침대에는 누군가가 누워 있었다. 이불을 머리까지 뒤집어쓰고 있어서 누워 있는 사람이 할머니인지 할아버지인지 알 수 없었다.

"안녕하셨어요?"

도키오가 공손하게 인사를 하자 할머니도 인사를 했다. 도키오를 전혀 기억하지 못하는 듯했다. 몸이 조그맣게 줄어든 느낌이었다. 도키오는 할머니를 마주 보았다. 말없이 서로 얼굴만 쳐다보았다. 그러다 할머니가 갑자기 히죽 웃었다. 얼굴 전체가 납작 짜부라질 것 같은 묘한 웃음이었다.

"바나나, 먹으련?"

"네."

"냉장고에서 꺼내 먹어라."

"네."

"나는 도키라고 한다."

"네."

"너는?"

"도키오."

할머니는 어리둥절한 듯 눈을 부릅떴다.

"호오, 도키오란 말이지."

"네."

"나는 도키라고 한다."

"네."

도키오는 몇 번이나 "네."라고만 되풀이했다. 그럴 때마다 할머니는 기쁜 듯 히죽 웃었다.

그 후로 도키오는 학교에서 돌아오면 날마다 할머니 방으로 놀러 갔다. 하지만 할머니와 함께하는 시간은 늘 15분 정도였다. 15분이 지나면 할머니는 힘이 빠져 잠이 들었다. 그래서 도키오는 할머니 방에 다녀와서도 친구들과 함께 실컷 깡통 차기를 할 수 있었다. 놀다가 문득 생각이 나서 파란 지붕 집을 돌아보면, 낮잠에서 깨어나 창밖을 내다보는 할머니의 모습이 보였다. 할머니는 도키오를 바라보거나 더 먼 경치를 바라보곤 했다.

할머니가 놀러 온 도키오를 기억하는 일도 간혹 있었다. 전혀 기억하지 못하는 날도 있었다. 기억하지 못하는 날은 처음부터 다시 시작해야 했다.

"나는 도키라고 한단다. 너는?"

12월의 첫 월요일에도 그랬다. 할머니는 도키오에게 귤껍질을 까주면서 말했다.

"이름이 같구나."

그날, 할머니는 15분이 지나도 잠들지 않았다. 눈을 깜박거리면서 웃고 얘기했다. 30분이 지나도 잠들지 않았다. 흐뭇한 표정을 지으며 옛날 일을 얘기하는가 하면 도키오와 학교에 대해서 궁금해했다. 도키오가 유타카와 히로시 얘기를 하자 할머니는 꿈꾸는 표정으로 말했다.

"한번 만나보고 싶구나."

그래서 도키오는 그만 이렇게 말하고 말았다.

"다음에는 같이 올게요."

그러고는 금방 후회했다.

"정말이냐?"

하지만 흥분한 말투로 그렇게 묻는 할머니의 얼굴을 보고는 고개를 끄덕이지 않을 수 없었다.

"이제 그만……."

도키오가 자리를 뜨려고 하자, 할머니는 서운한 표정을 지었다. 어린아이 같은 얼굴이었다.

"벌써 가려고?"

"네, 또 올게요."

"기다리고 있으마."

할머니는 그렇게 말하며 허전하게 웃었다.

겨울방학이 금세 다가왔다. 크리스마스가 지나고 설날이 지났다. 도키오네는 가족끼리 여행을 떠났다. 1월 중순이 되어서야 한 달 만에 할머니 방을 찾아갔다. 하지만 할머니는 이미 없었다.

"아주 편안하게 가셨단다."

간호사의 그 말에 도키오는 눈앞이 어질어질했다.

기다리고 있으마.

그렇게 말하는 할머니의 모습이 눈에 선해, 숨이 가빠졌다.

계단을 뛰어 내려와 정원을 질러가는데, 메마른 협죽도가 눈에 스쳤다. 싸늘한 바람이 불고 있었다. 기다린다고 했으면서. 기다린다고 했으면서. 도키오는 울타리를 뛰어넘어 아파트까지 단숨에 달려갔다. 그리고 주차장에 서 있는 자동차 뒤에 쪼그리고 앉아 울었다.

1월이 지나고 2월이 지나고 3월이 지나고 봄이 왔다. 도키오는 5학년이 되었다.

"이번에는 내가 술래니까, 도키오 너 먼저 깡통 차."

마리코가 말한다.

"자, 간다!"

도키오는 힘껏 달려가 찌그러진 깡통을 찼다. 할머니 생각은 이제 잘 나지 않았다. 하지만 가끔, 이렇게 깡통을 찰 때면, 저도 모르게 파란색 지붕을 올려다보곤 한다.

이제 파란 지붕 집 창문에 할머니의 모습은 없고, 협죽도가 새싹을 틔우고 있을 뿐이다.

밤의 아이들

   료스케와 그의 친구들이 가장 좋아하는 놀이는 뭐니 뭐니 해도 기지 놀이다. 그야 물론 컴퓨터도 재미있고 얼마 전까지는 깜짝맨 초콜릿의 스티커 모으기가 유행했지만 지금은 역시 기지 놀이가 최고다. 동네 한가운데에 있는 매화나무 숲 속에 기지를 몇 군데 만들어놓고, 옆 기지를 염탐하거나 여차하면 전쟁을 벌이기도 한다. 미나미 초등학교 5학년 2반 아이들은 요즘 그 놀이에 푹 빠져 있다. 기지는 종이 상자나 낡은 식탁보 등을 이용해 꼼꼼하고 튼튼하게 만든다. 여자 아이들은 그 안에서 밥을 짓거나, 때로는 남자 아이들보다 용감하게 '무기'로 활용할 매실을 주우러 나간다. 매화나무 숲은 출입이 금지된 구역이라서 어른들에게 들키면 된통 야단을 맞는다. 그러면 기지 놀이의 스릴감은 한층 고조된다.

그날도 료스케와 친구들은 기지 지키기에 여념이 없었다. 오른쪽 앞으로 15미터 정도 떨어져 있는 코이치의 기지가 적이었다. 매실 폭탄의 명수인 아사이 신고가 료스케의 오른팔 구실을 하고 있기 때문에 질 염려는 없었지만 그래도 물을 사용한 기습 공격에 뛰어난 코이치의 기지는 공략하기가 쉽지 않았다. 게다가 특정한 기지 없이 숲 속 사방에서 출몰하는 게릴라들(학급 임원인 다나카와 뚱보 사토시가 진두지휘하고 있었다)이 언제 나뭇가지로 위장하고 습격해올지도 알 수 없었다.

신중한 계산과 대담한 행동력, 그리고 막강한 체력이 요구되는 놀이였다. 저녁때가 되면 다들 어깨가 축 늘어지도록 지쳤다. 하지만 집들의 창문에서 저녁 짓는 냄새가 솔솔 풍기고, 땅거미 지는 길을 흙투성이 발로 터벅터벅 걸어 돌아가는 기분이 뭐라 말할 수 없이 좋았다. 료스케와 그의 친구들에게 오늘은 어제의 연장이고 내일은 오늘의 연장에 지나지 않았다. 하루하루가 끝없이 이어지는 것처럼 여겨졌다. 그들에게 하루의 끝을 알리는 첫 신호는 밥 먹을 시간이라며 부르러 오는 엄마였다. 그것은 때로는 긴박한 전쟁터에서 해방되는 것을 의미했고, 때로는 너무 이른 휴전에 대한 가벼운 불만이기도 했다.

그런데 그날따라 누구의 엄마도 부르러 오지 않았다. 땅거미가 지고 하늘 끝 자락에 오렌지색 저녁노을이 희미하게 남아 있을 뿐, 다른 곳은 밤의 시작인 엷은 보라색으로 물들어 있었다.

아, 힘들다.

코이치와의 접전이 좀 지겨워진 료스케가 기지에서 나와 기지개를 폈다. 키가 크고 호리호리하게 야윈 젊은 청년이 곁에 서 있었다.

"이제 그만들 집에 가야지."

움찔 놀란 료스케가 올려다보자 청년이 씩 웃었다.

"너희들이 얼른 가줘야지, 안 그러면 곤란해."

"왜요?"

"밤의 아이들이 놀러 올 거거든."

청년이 그렇게 말했을 때, 철조망 너머에서 신고의 엄마가 부르는 소리가 들렸다.

"신고, 저녁 먹을 시간이다."

다른 엄마의 목소리도 들렸다.

"언제까지 놀 거야?"

친구들이 하나 둘 기지에서 나왔다. 청년은 그 자리에 없었다.

그날 밤, 잠자리에 든 료스케는 통 잠이 오지 않았다. 그 남자의 묘한 웃음이 떠올라 소름이 끼쳤다. 그 남자는 대체 누구일까? 밤의 아이들은 또 누구고? 그런 생각을 하다가 12시가 넘고 말았다. 확인해봐야 한다. 료스케는 가슴속으로 몇 번이나 그렇게 중얼거렸다. 그러고는 급기야 침대에서 나와 옷을 갈아입고, 식구들이 알아차리지 못하게 살금살금 집을 빠져나왔다.

늘 보는 풍경인데도 밤이라 그런지 전혀 달라 보였다. 낮에는 멀뚱하게 서 있던 전신주조차 밤의 위엄을 두르고 있어 겁이 났다. 7분쯤 걸어가자 매화나무 숲이 나왔다. 낯익은 그 숲도 달빛 아래에서는 왠지 서먹했다. 매화나무 가지가 거뭇거뭇 빛났다. 철조망을 지나 낮에 만든 기지 앞으로 다가갔다. 안에서 사람 소리가 들렸다.

"알겠어? 민첩하게 행동해야 돼."

"네."

"폭탄은 충분한 거야?"

"네."

료스케는 심장이 얼어붙을 만큼 놀랐다. 무릎에서 힘이 쭉 빠져나가 숨고 싶어도 그럴 수가 없었다.

"이리 와."

뒤에서 누군가가 료스케의 어깨를 잡아당겼다. 그 남자였다. 공포에 사로잡힌 료스케는 입이 다물어지지 않았다.

"꼼짝 말고 있어."

남자는 료스케를 기지 뒤쪽으로 끌고 가 앉히더니 자신도 쭈그리고 앉았다.

"얏!"

료스케의 아빠가 고함을 지르며 기지에서 뛰쳐나왔다. 적지를 향해 매실을 열 개 정도 던지고는 또 고함을 질렀다.

"야, 총알! 총알이 떨어졌어."

"네, 알았어요."

경쾌한 목소리로 대답하면서 료스케의 엄마가 앞치마에 매실을 가득 담고 기지에서 나왔다.

"아사이, 준비됐나?"

아빠가 그렇게 묻자, 신고의 아빠가 "넷." 하고 대답했다. 낮에 생선을 팔던 차림으로 기지에서 나온 신고의 아빠는 신고 못지 않은 솜씨로 매실 열여덟 개를 적지에 명중시켰다. 그 역시 폭파의 귀재인 듯했다.

다나카와 사토시의 아빠는 게릴라였다. 코이치의 아빠는 엄마와 함께 마구잡이로 물 폭탄을 던지고 있었다. 모두가 기지 놀이에 푹 빠져 있었다. 어른들이 너무 진지하게 전쟁놀이를 하고 있어서 진짜 전쟁터처럼 보였다.

"뭐 하러 온 거야?"

남자가 소곤소곤 물었다.

"확인하려요."

"확인하러?"

"밤의 아이들이 누구인지 확인하려고요."

흐흥, 하고 남자는 콧소리를 내며 웃었다. 달이 환하게 빛났다. 료스케는 이리저리 정신없이 뛰어다니는 어른들의 그림자를 멍하게 바라보았다. 스산한 광경이었다.

"이제 됐지? 그만 집에 가."

"하지만……."

"걱정할 거 없어. 아침이 되면 밤의 아이들은 다 돌아가니까."

"……."

"자, 지금이다."

남자가 료스케의 등을 탁 쳤다. 료스케는 달려가 철조망 밑으로 기어 나갔다. 별이 반짝이는 하늘 아래를 한 번도 멈추지 않고 쌩쌩 달렸다. 어딘가 멀리서 개 짖는 소리가 들렸다.

날이 밝았다. 모든 것이 여느 아침과 똑같았다. 햄에그의 고소한 냄새가 풍기고, 아빠는 잠옷 차림으로 식탁 의자에 앉아 있고, 엄마는 콧노래를 흥얼거렸다. 료스케 자신도, 어젯밤 일은 다 꿈이었나 봐, 하고 생각했다.

"아빠, 어젯밤에 뭐 했어?"

료스케는 시치미를 떼고 물어보았다.

"뭐 하긴, 잤지."

아빠가 대답했다.

"코를 드르렁드르렁 골면서 말이지."

엄마가 맞장구를 쳤다.

역시 꿈이었어, 꿈.

료스케는 어깨에서 힘이 쭉 빠져나가는 것 같았다.

"햄에그, 여기 있다."

접시를 손에 들고 빙글 몸을 돌린 엄마의 앞치마가 시야에 들어오는 순간, 료스케는 심장이 쿵쿵거렸다. 손가락이 부들부들 떨리고, 두 다리에서 힘이 빠졌다.

"그 앞치마, 왜 그래?"

"어머나, 언제 그랬지."

엄마는 흙이 묻은 앞치마를 얼른 벗었다.

"매실, 땄어?"

"매실?"

엄마는 무슨 소리냐는 표정이었다.

"그러고 보니까, 매실주 담글 계절이로구나."

아빠가 태연하게 말했다. 료스케는 가슴이 두근거려서 햄에그가 넘어가지 않았다. 신고와 코이치는 절대 믿지 않을 것이다. 이렇게 말도 안 되는 얘기를 과연 누가 믿을까. 어젯밤 그 남자의 씩 웃는 얼굴이 눈앞에 어른거렸다.

"다녀오겠습니다."

료스케는 책가방을 메고 엄마의 얼굴도 보지 않은 채 외치고는 밖으로 뛰어나갔다. 맑게 갠 화창한 아침이었다.

"안녕!"

천진한 목소리가 들리고, 저쪽에서 아야코가 뛰어왔다.

"야!"

코이치가 료스케의 어깨를 툭 친다. 매화나무 숲은 신선한 아침 공기 속에서 평소와 다름없는 표정이었다.

뭐 어때.

아무도 모르지만 나는 알고 있다. 오늘 밤에도 이 숲에 밤의 아이들이 놀러 오리라. 내일 밤에도, 모레 밤에도, 또 그다음 날 밤에도.

료스케는 주머니에 손을 푹 쑤셔 넣고 재빨리 걸음을 옮겼다. 간혹 깜짝맨 스티커가 감쪽같이 없어지고, 컴퓨터게임의 시프트 키가 이상하게 바뀌어 있었던 이유를 료스케는 이제야 알았다.

언젠가,
아주 오래 전

생각보다 주차장이 비어 있었다. 차에서 내린 레이코는 코이치의 팔에 자신의 팔을 끼면서 말했다.

"나, 밤에 벚꽃 놀이 나오는 거 처음이야."

비스듬한 언덕을 조금 오르니 벚나무 가로수 길이었다. 봄날의 축축한 밤기운에서 흙냄새가 느껴졌다.

"이 시간이면 아무도 없을 줄 알았는데."

곤드레가 된 채 몸을 웅크리고 있는 회사원 대여섯 명을 곁눈질하면서 코이치가 말했다. 시계는 11시 50분을 가리키고 있었다.

"좀 더 가면, 사람 없을 거야."

언덕길을 다 올라가자 갑자기 앞이 탁 트였다. 눈에 보이는 저 멀리까지 벚나무가 줄지어 있었다.

"어머나!"

레이코는 숨을 삼켰다. 짙은 감색 어둠 속에 차갑게 느껴지리만큼 하얀 꽃이 소리 없이 피어 있다. 바람이 불 때마다 꽃잎이 휘날린다.

"정말 예쁘다. 겁이 날 정도야."

두 사람은 한참이나 그 자리에 서서 흐드러지게 핀 벚꽃에 넋을 잃고 있었다.

"이 벚꽃이 질 무렵이면 결혼식이로군."

"그래."

레이코는 코이치의 팔에 몸을 기대고 황홀한 기분으로 밤의 벚꽃을 바라보았다.

그때 한 나무의 뿌리께에서 쉭, 하는 소리가 나면서 가느다란 뱀이 나타났다.

은색 몸이 달빛 속에서 반짝반짝 빛나는 아름다운 뱀이었다. 뱀은 고개를 치켜들고 검은 눈으로 레이코를 쳐다보았다. 가녀린 몸에 초록과 검정 줄무늬가 도드라졌다. 레이코도 왠지 신기하고 어디서 본 듯한 기분이 들어 뱀을 물끄러미 쳐다보았다. 조금도 무섭지 않았다. 언젠가, 아주 오래전에 난 뱀이었어, 하고 생각했다. 그래 맞아, 뱀이었어. 바랜 주황색 같은, 조그만 뱀이었다.

눈앞에 있는 은색 뱀은, 레이코가 뱀이었던 시절의 애인이었다. 목에 있는 조그만 흉터까지 기억하고 있다. 언젠가, 고양이와 싸우다가 물린 자리다. 기억이 떠오르는 순간, 레이코는 뱀으로 돌아갔다.

"자기."

레이코가 은색 뱀의 귓가에 말했다.

"얼마나 찾았는지 알아? 당신을, 얼마나 오래 찾아다녔는지."

"미안해."

레이코는 은색 뱀과 나란히, 스륵스륵 땅을 기어갔다. 레이코는 배가 땅에 닿을 때의 감촉을 오래도록 잊고 있었다.

"나, 인간으로 살았었어."

"음, 그런 것 같군."

"왜 그때, 햇볕이 쨍쨍한 날이 계속되었잖아. 나, 바짝 말라서 죽었는데, 인간으로 다시 태어났어."

"그래, 인간이 되니까 기분이 어땠어?"

"나쁘지는 않았어. 하지만 이제 다 잊어버렸어. 당신은 뭐 하고 지냈는데, 나 없는 동안?"

"사방을 찾아다녔지. 매일 밤, 당신이 나오는 꿈을 꾸고."

은색 뱀은 먼 곳을 보듯 아련한 눈빛으로 말했다.

"우리, 오늘 밤은 이 나무에서 잘까."

레이코는 은색 뱀을 따라 울퉁불퉁한 벚나무 줄기를 기어올랐다. 가느다란 나뭇가지에 몸을 휘감고 후, 하고 한숨을 내쉰다. 이렇게 자는 게 몇 년 만일까, 하고 레이코는 생각했다. 고개를 들자 저 멀리까지 보였다. 밑을 내려다보니 나무들 사이에 허옇고 투실투실한 것이 어정거리고 있었다. 더럽게 얼룩진 등이 살이 쪘는데도 어딘가 모르게 외로워 보였다. 그것은 돼지였다. 흙에다 콧부리를 대고 꿀꿀 소리를 내며 냄새를 맡고 있다. 저 등, 어디선가 본 적이 있는데, 하고 레이코는 생각했다. 불그스름한 귀도, 커다란 코도 왠지 모르게 낯이 익다.

레이코는 나뭇가지에서 스르륵 내려왔다. 돼지는 동그랗고 조그만 눈으로 레이코를 쳐다보고는 슬프게 눈을 깜박거렸다. 언젠가, 아주 오래전 나는 돼지였다고 레이코는 생각했다. 틀림없다. 분명하게 기억하고 있다. 눈앞에 있는 비곗덩어리 같은 수퇘지는 그 시절의 애인 돼지였다. 기억이 떠오르는 순간, 레이코는 돼지로 돌아갔다.

"자기야."

거대한 몸뚱이가 무거운 듯 비비적거리면서 레이코는 말을 걸었다. 수퇘지는 동그란 눈에서 눈물을 뚝뚝 흘리며 훌쩍훌쩍 울었다.

"대체 어디 갔던 거야?"

"미안해, 자기. 이제 그만 울어."

수퇘지는 엉엉 소리 내어 울었다.

"나, 양돈장에서 트럭에 치였더랬어. 그리고 뱀으로 다시 태어났고."

"배……뱀으로 사는 거……어땠는데?"

"나쁘지는 않았어. 하지만 그런 건 다 잊었어."

수퇘지는 콧물을 훌쩍거리면서 히죽 웃었다.

"우리 이제 양돈장으로 돌아가자."

"양돈장의 친구들, 다 잘 있어? 아직 출하되지는 않았겠지?"

"그럼, 물론이지."

두 마리 돼지는 나란히 걷기 시작했다. 걸음을 내디딜 때마다 축 늘어진 배가 흔들렸다.

"정말 아름다운 달밤이네."

"음."

레이코는 황홀하고 충만한 기분으로 걸었다. 발굽에 꽃잎이 부드럽게 밟혔다. 느껴지는 몸의 무게가 적당히 기분 좋았다.

잠시 걸어가자 눈에 익은 양돈장이 나왔다. 마당을 똑바로 걸어가 돈사로 들어섰다. 무수한 돼지들이 뒤죽박죽 자고 있었다. 드르렁드르렁 코 고는 소리도 들렸다.

"아, 정말 오랜만이다."

레이코는 더러운 짚 더미 위에 벌렁 몸을 뉘었다. 친구들의 온기가 전해졌다.

"잘 자, 자기."

"······."

"자기."

"저게 뭐지?"

돈사 입구에 10센티미터 정도 크기의 조개껍데기가 서 있었다. 갈색 바탕에 하얀 무늬가 있는 껍데기 뒤로 달빛이 비쳤다.

"어머나, 함박조개네. 가엾게, 수관이 다 말라버렸어."

"수관?"

"응, 조그만 수관. 조개는 그 수관으로 먹이를 빨아들여."

"그럼, 저 살색 흐물흐물한 건 뭐야?"

"아, 그건 다리야."

"다리라고? 조개에 다리가 있단 말이야."

"당연하잖아. 다리도 있고, 입, 위, 심장, 다 있어. 눈만 없지."

"와, 당신 조개에 대해서 아는 게 많군."

"아, 정말 그러네. 나 조개에 대해서 아는 게 꽤 많네."

언젠가, 아주 오래전, 나는 조개였는지도 모르겠다고 레이코는 생각했다. 그 때문인지, 눈앞에 있는 함박조개의 무늬가 정겨웠다. 그렇다, 나는 오래전에 조개였다.

"이제야 생각난 모양이로군."

갈색 함박조개가 말했다. 그 함박조개는 레이코가 조개였던 시절의 애인이었다.

"여기서, 당신을 얼마나 기다렸는지 몰라."

"아, 자기."

레이코는 조개의 모습으로 돌아가 있었다.

"말미잘에 걸터앉아서 우리 사랑 변치 않으리라 맹세했는데, 당신이 갑자기 없어져 버렸어."

"자기, 내 말 좀 들어봐."

"변명은 듣고 싶지 않아. 얼마나 오래 기다렸는지, 덕분에 관자가 다 말라버리고 말았어."

"미안해. 나, 돼지로 다시 태어났더랬어. 그때 왜 갑자기 바닷물이 빠진 날 있잖아. 그날 나, 사람에게 잡혔어. 운이 없었지. 사람들이 해변에 모닥불을 피우고 나를 구워 먹었어. 당신이 얼마나 보고 싶었는지 몰라. 하지만 돼지로 태어난 걸 어떡해."

"그래서, 돼지로 지내니까 어땠지?"

"그야 물론 나쁘지는 않았지만, 이젠 다 잊어버렸어."

조개가 된 레이코는 갈색 함박조개의 몸에 갉작갉작 몸을 비볐다.

"어리광은 바다로 돌아간 다음에 피워."

"알았어."

둘은 살색의 흐물흐물한 다리로 천천히 바다를 향해 걸었다. 벚나무 가로수 길 저 너머로 달이 휘황하게 빛났다.

"참, 가자미는 아이를 낳았어?"

"그야 벌써 오래전에 낳았지."

"그랬구나. 병을 앓던 꼴뚜기는?"

"죽었지."

"아, 가여워라."

이렇게 짤막짤막한 대화를 나누면서 걷고 있자니, 바닷바람이 가칠가칠한 두 조개의 몸을 살며시 스치고 지나갔다.

"아아, 바다 냄새."

둘은 젖은 모래 위를 데굴데굴 굴렀다. 시원하고 상쾌했다.

밤의 바다는 고요했다. 레이코는 파도가 철썩이는 해변에서 잘게 부서지는 물방울을 맞으며 꼼짝 않고 있었다. 멀리서 희미하게 들리는 바다의 울음소리와 함께 밀려온 파도가 철썩하고 부서지면서 거품이 되어 흩어진다. 무수한 하얀 거품이 하늘하늘 떨어진다. 하늘하늘, 끝없이, 끝없이.

꽃잎 속에 코이치가 서 있었다.

"왜 그래? 넋 나간 사람처럼."

"아이, 깜짝이야."

레이코는 코이치의 팔에 매달리면서 말했다.

"만약에 말이야, 내가 아주 오래전에 돼지나 뱀이었다 해도,

코이치 씨는 나를 좋아할 거야?"

"그건 또 무슨 소리야?"

코이치는 어리둥절한 표정으로 레이코를 쳐다보았다.

"난 유치원 시절부터 당신을 알고 있는데. 당신은 복숭아 반, 나는 매화 반."

코이치가 진지한 얼굴로 그렇게 말했다. 꽃잎이 한없이 떨어진다.

"그래 맞아. 코이치 씨는 매화 반, 나는 복숭아 반이었지."

레이코는 웃으면서 같은 말을 되풀이하고는, 옆에 있는 벚나무를 올려다보았다.

"안녕."

아주 오래전의 연인들이여.

연인들

그 여름 내내 병원을 드나들었다. 할아버지가 심장 질환으로 입원했기 때문이다. 하얀 병실, 하얀 침대에 누워 있는 할아버지는 집에 있을 때보다 한결 작아 보였다.

엄마와 나는 매일 번갈아 면회를 갔다. 엄마는 할아버지 몸이 많이 쇠약해져서 여름을 넘기기 힘들 것이라고 했지만, 할아버지는 노망도 들지 않았고 늘 싱글싱글 웃는 기운찬 모습이라서 도무지 죽을 사람 같지 않았다. 게다가 내 결혼이 11월로 예정돼 있어서 그때까지만이라도 건강했으면 싶었다.

무더운 수요일이었다. 할아버지는 상태가 좋은 듯 평소보다 다소 말이 많았다.

"우리 아사코가 아주 예뻐졌구나."

"후후후후. 할아버지, 정말?"

"도오루 군 덕분인가."

도오루는 내 약혼자 이름이다.

"사요도 할아버지와 결혼하기 전에 그랬지. 두 볼이 복숭아처럼 볼그스름했어."

할아버지는 할머니를 절대 할머니라고 부르지 않는다. 사요, 라고 이름으로 부른다. 할머니는 내가 태어나기 전날 돌아가셨으니까 아직 할머니가 되기 전이었다는 논리다.

"나 혼자만 나이를 먹는구나."

때로 할아버지는 그렇게 말하면서 쓸쓸하게 웃었다.

"빙수가 먹고 싶구나."

어린애 같은 말투로 할아버지가 불쑥 말했다.

"아, 빙수가 먹고 싶구나, 딸기 빙수가."

들으란 듯이 말하는 할아버지의 목소리에 나는 그만 웃음을 터뜨리고 말았다. 그리고 병원 근처에 있는 찻집에 사정사정해 빙수 두 개를 배달시켰다.

할아버지는 신이 나서 새빨간 시럽을 끼얹은 빙수를 퍼먹었다. 말 한마디 없이 다섯 숟가락을 거푸 먹었다. 나는 내 빙수에는 손도 대지 않은 채 한동안 그런 할아버지의 모습을 바라보았다. 내 시선을 느낀 할아버지가 말했다.

"어서 먹어라. 다 녹아버리겠다."

나는 말간 시럽만 끼얹은 얼음 가루를 한 술 떠 입에 넣었다. 차가운 기운이 입 안에 퍼진다.

"그걸 무슨 맛으로 먹냐."

할아버지가 말했다.

"색깔도 없고 맛도 어중간하고."

하지만 나는 옛날부터 그 맛도 어중간한 말간 빙수를 좋아했다. 한 술 뜰 때마다 사락사락, 겨울날에 행진하는 군인들의 발소리 같은 차가운 소리가 난다.

"사요도 그런 빙수를 좋아했지."

할아버지는 빨갛게 물든 혓바닥을 보이며 그렇게 말했다.

어렸을 때부터 나는 할머니 대신 태어난 아이라는 말을 곧잘 들었다. 할머니가 내가 태어나기 전날 돌아가셨기 때문만은 아니다. 내 얼굴 생김이며 취미가 할머니를 많이 닮은 모양이다. 게다가 나는 때로, 아주 먼 기억을 느낄 때가 있다. 신기하고 이상한 일이지만, 아주 먼 옛날, 내가 태어나기도 전의 일을 기억하고 있는 기분이 드는 것이다. 어릴 적, 엄마의 립스틱을 갖고 놀다가 꾸중을 들었을 때, 불현듯 입에서 이런 말이 나왔다.

"엄마도 어렸을 때 이런 장난 했잖아."

말대꾸를 한 것이 아니었다. 아주 순간적이었지만, 립스틱을 몰래 만지작거리는 어린 엄마의 모습이 떠올랐기 때문이었다.

언젠가 할아버지가 커다란 은어를 하루에 쉰 마리나 낚은 적이 있다는 말을 했을 때도 그랬다. 아무도 믿지 않았다.

"쉰 마리라니, 거 허풍도 참."

아빠는 그런 말로 웃어넘겼지만, 나는 그 일을 정말 기억하고 있는 느낌이었다. 은어는 소금을 뿌려서 구워 먹는 것이 제일 맛있는데, 한꺼번에 다 먹을 수가 없으니까 간장에 조려서 두고두고 먹었던 것 같았다.

"나, 기억나."

내가 그렇게 말하자 다들 어리둥절해했지만.

하지만 나는 내가 할머니 대신 태어난 아이라고는 한 번도 생각하지 않았다. 25년 동안, 나는 스스로 느끼고 생각하며 살아왔다. 내가 나 아닌 다른 사람이라니, 상상도 할 수 없다. 그리고 내가 만약 할머니의 환생이라면 나는 바느질도 잘하고 음식 솜씨도 좋아야 한다. 게다가 아무리 할머니라지만 본 적도 없는 사람의 환생이라고 생각하면 어쩐지 소름이 끼친다.

내가 그런 생각을 하면서 빙수를 절반쯤 먹는 동안 할아버지는 딸기 빙수를 깨끗이 먹어치우고 태연한 표정으로 신문을 읽고 있었다.

8월의 첫 일요일, 도오루 씨와 함께 면회를 갔다. 도오루 씨와 할아버지는 전에 몇 번 만난 적이 있는데, 할아버지는 마치 처음 보는 사람처럼 도오루 씨를 빤히 쳐다보면서 이렇게 말했다.

"오호, 이 사람이 네 약혼자냐. 말쑥한 사내로구나."

그렇게 말해놓고는 도오루 씨가 "시바타 도오루입니다." 하며 인사를 하자 퉁명스럽게 대답했다.

"그야 알고 있지. 벌써부터 알고 있었어."

그 후, 할아버지와 도오루 씨는 어린애들처럼 텔레비전에서 중계하는 고교 야구에 정신을 팔았다. 병실 창문으로 정원이 보이고, 환자복 차림으로 산책하는 환자들의 모습도 보였다. 큼지막한 느티나무가 바람에 흔들렸다. 우리는 텔레비전을 보면서 복숭아를 먹었다.

해 질 무렵이 되어 우리가 돌아가려 하자 할아버지는 갑자기 다리가 아프네 허리가 아프네 하면서 투정을 부리기 시작했다. 할 수 없이 나만 좀 더 남아 있기로 하고, 도오루 씨를 현관까지 바래다주었다. 엘리베이터를 타고 병실로 돌아와 보니, 할아버지는 언제 그랬느냐는 듯 싱글거리고 있었다.

나는 어이가 없었다.

"할아버지, 다리는요. 허리는 안 아파요?"

일부러 골이 난 표정을 지으며 묻자 할아버지는 난감한 듯 고개를 움츠리면서 우후후, 하고 웃었다.

"할아버지가 샘이 좀 나서 말이다."

할아버지의 그 말에 내가 오히려 부끄러워지고 말았다.

"복숭아 하나만 더 깎아다오."

나는 하얗고 싱싱한 복숭아의 껍질을 깎았다. 창문으로 상쾌한 바람이 불어 들어왔다.

"너, 도오루 군을 정말 사랑하느냐?"

할아버지가 물었다.

"할아버지는. 그야 당연하죠."

"정말이냐?"

"할아버지!"

부끄럽고 창피해서 할아버지의 말을 막았다.

"부부란 좋은 것이다."

할아버지는 싱긋 웃으면서 천진하리만큼 밝게 말했다.

그때 둘이 먹은 복숭아가 할아버지가 마지막으로 먹은 제대로 된 음식이었다. 그다음 날부터 상태가 악화되어 링거 주사와 유동식으로 영양을 섭취하게 된 것이다. 할아버지는 침대 속에서 날로 약해지고 왜소해졌다. 그런데도 내가 찾아가면 늘 싱긋 웃어주었다.

9월이 되었다. 할아버지의 병세가 조금 나아지는 듯했다. 그날도 모기 우는 소리 같은 조그만 목소리로, 하지만 분명하게 이렇게 말했다.

"아아, 무화과가 먹고 싶구나. 잘 익은, 야들야들한 무화과가 먹고 싶어."

식도락가인 할아버지가 아무 맛도 없는 유동식으로 연명하는 것이 어색했던 나는 모처럼의 식욕이 반가워 얼른 과일 가게로 뛰어갔다.

병원 옆에 있는 과일 가게 사람은 대체로 눈치가 빠르다.

"면회 가시나 보네요. 날도 더운데 힘드시죠?"

그렇게 살갑게 말하고는, 덧붙여 이런 말도 했다.

"무화과는 영양이 많아서 기운 나게 하는 데는 그만이에요."

하지만 무화과 덕분에 할아버지가 기운을 차릴 틈은 없었다. 내가 병실로 돌아갔을 때, 할아버지는 이미 돌아가신 상태였으니까. 정말, 어이없는 죽음이었다.

나는 할아버지를 잘 따르지는 않았지만, 할아버지의 죽음 앞에서는 그저 멍해지고 말았다. 충격이 컸다. 병원의 공중전화로 집과 도오루 씨의 회사에 전화를 걸었다. 그리고 다시 병실로 돌아가 할아버지의 얼굴을 보았다. 얼굴이 텅 비어 있었다. 나는 그저 멍하게 서 있었다. 눈물은 나오지 않았다.

"사요. 사요."

뒤에서 부르는 소리가 들렸다. 깜짝 놀라 돌아보니 할아버지가 서 있었다.

"사요, 이제 그만 나와."

나는 숨이 끊어질 것처럼 긴장했다. 온 병실에 엷은 보라색 꽃이 피어 있었다.

"얼른 나와. 지금 그대로 도오루 군과 결혼할 작정이야?"

할아버지의 눈빛은 지금까지 본 적이 없을 만큼 온화했다.

"호호호, 싫어요. 당신 곁에 있고 싶어서, 그래서 여기 있었는 걸요."

나는 기겁을 했다. 내가 말을 하고 있었다. 하지만 내가 아니었다. 내 입에서 나온 내 목소리였지만, 그래도 내가 아니었다.

"알아. 그러니까 지난 20년 동안 바람 한번 안 피웠지."

"바람 한 번쯤은 너그럽게 봐줄 수도 있었는데."

나는 내 의지와는 상관없이 의자에서 일어나 할아버지 곁으로 다가갔다. 의식은 말짱한데 내 생각대로 움직여지지 않았다.

할아버지는 내 팔을 잡고 병실을 나가려다가 이제야 생각이 났다는 듯이 돌아보았다. 나도 덩달아 돌아보니, 내가 방금 전까지 앉아 있던 의자에 또 다른 내가 앉아 있었다. 침대에도 또 다른 할아버지가 누워 있었다. 보라색 꽃도 요염하리만큼 흐드러지게 피어 있었다.

"부부란 좋은 것이야."

앉아 있는 내게 할아버지가 말했다. 그 옆에서 나 역시 싱긋 웃으며 고개를 끄덕였다. 우리는 팔짱을 낀 채 문을 열고 병실을 나섰다. 문이 닫히는 순간 나는 병실 안 의자에 앉아 있는 내가 되었다. 엷은 보라색 꽃잎이 하늘하늘 떨어졌다.

엄마와 아빠가 오고, 뒤이어 다른 친척들도 몇 명 왔다. 저녁 때가 되어서는 도오루 씨도 왔다. 도오루 씨의 얼굴을 보는 순간 안심한 나는 눈물을 줄줄 흘렸다. 도오루 씨는 내 등을 살며시 안아주었다. 하지만 그때 나는 할아버지의 죽음 때문에 운 것이 아니었다. 도오루 씨를 만난 안도감에 울었다는 것을 도오루 씨는 꿈에도 모를 것이다.

11월이 오면 우리는 결혼식을 올린다.

따스한 접시

삼단 찬합

내 입으로 말하자니 껄끄럽지만 내 아내는 좋은 사람이다. 귀엽고 상냥하고, 요즘 같은 시대에 고풍스러운 구석까지 있어 나는 그 점이 아주 마음에 든다. 최근의 예를 들자면, 아내 나미코는 우리가 함께 맞는 첫 설날을 위해 설음식을 모두 제 손으로 만들겠다는 위업을 계획했다. 그녀는 지난 며칠 동안 친정에 가서 콩 삶는 법과 고구마 으깨는 법을 배우고 연습하고 왔다. 덕분에 나는 매일 밤 일이 끝난 후 아내를 데리러 처갓집에 가야 하는 수난을 겪었지만, 그런 것은 문제가 안 된다.

"설음식은 물론 당신을 위해 만드는 거지만, 다니러 오신 아버님 어머님을 깜짝 놀라게 하려는 속셈도 있어, 솔직히 말하면."

나미코가 방긋 웃으면서 그렇게 말하는 것을 들으면, 이거야 말로 남편의 행복의 아닌가 싶다.

우리가 결혼을 결정했을 때, 부모님은 심하게 반대했다. 외동딸이라느니 골반이 어린애처럼 가냘프다느니, 반대하는 이유는 하나같이 어처구니없는 것이었다. 그러니 결혼한 지 7개월이 지난 지금, 나미코가 좋은 아내라는 것을 보여주기 위해서라도 이번 설날에는 꼭 우리 부모님을 초대해야 했다.

이렇게 해서 부모님을 마중하러 가는 지금, 나미코는 운전대를 잡은 내 옆 자리에서 새근새근 자고 있다. 세밑이라 도로는 복잡하고 고속도로도 밀렸다. 나는 나미코의 잠을 방해하지 않기 위해 최대한 조심스럽게 브레이크를 밟았다. 나미코의 무릎에는 투실투실 살이 찐 로지가 몸을 웅크리고서, 가끔 고개를 들어 아직도 멀었냐는 듯이 내 얼굴을 쳐다본다. 로지는 늙은 불독이다. 나미코는 로지도 자신과 함께 시집을 왔다고 표현한다. 내게 남들 같은 동물 애호 정신이 없다고 여겨진 것은 의외였지만, 아내의 유일한 결점은 바로 이 로지다. 로지에 대한 과도한 애정, 과도한 보호.

어디를 가든 그냥 두고 가지 않는 탓에 결국 여행 한번 마음대로 갈 수 없는 것은 물론, 로지의 식비, 의료비, 미용비 등 다달이 3만 엔은 든다. 게다가 쿠션이나 슬리퍼가 로지의 침으로 끈적거려도 절대 혼내서는 안 된다(그녀는 사람 나이로 치면 백 살이니까). 하지만 그런 정도는 눈감아 줄 수 있다. 그런데 개와 함께 식사를 하는 것만은 딱 질색이다. 상상해보라. 어린이용 높은 의자에 턱받이를 한 불독(머리는 빨간 리본으로 묶었다)이 앉아 있다. 미피 캐릭터 그릇에 담긴 우유를 홀짝홀짝 핥아 먹고, 으깬 사과니 냄새가 풀풀 나는 사료를 먹는 개 앞에서 기분이 복잡해지지 않을 인간이 어디 있을까. 사랑하는 아내가 제아무리 애지중지하는 개라 하더라도 말이다.

"아직 멀었어?"

나미코가 등받이에 머리를 기댄 채 잠이 덜 깬 눈으로 나를 보며 물었다. 약간 허스키하고 섹시한 그 목소리 하나에, 내 만면에는 미소가 번지고 로지에 대한 불만은 당장에 사라지고 만다.

"이제 다 왔어."

앞쪽에 도쿄 역의 빨간 벽돌 건물이 보였다.

신칸센은 예정된 시간에 정확히 도착했다. 북적거리는 인파 속에서도 낯익은 양복에 같은 감으로 만든 모자를 쓰고 가죽 숄

더백을 멘 야윈 아버지와, 아담하고 균형 잡힌 몸매를 강조하듯 몸에 딱 달라붙는 투피스를 입은 어머니의 모습은 금방 눈에 띄었다. 열차를 오래 타고 온 탓인가 아버지의 웃는 얼굴에 다소 맥이 없었지만, 일단은 두 분 모두 건강해 보였다. 어머니는 5분 전에 화장을 고친 얼굴이었다.

"어서 오세요."

나는 그렇게 말하고 고향의 특산 과자가 들어 있을 쇼핑백을 낚아채듯 받아 들었다.

"오시느라 힘드셨죠?"

그렇게 인사하며 까딱 고개를 숙이는 나미코의 품에 어김없이 로지가 안겨 있다. 어머니의 눈이 휘둥그레진다.

재회란 쑥스러운 것이라서 싫지만 기분은 신기하게도 고양된다. 해거름의 플랫폼에 서서 저녁 햇살을 담뿍 받으며 우리는 모두 그 묘한 흥분감 속에 있었다.

새해는 늘 불쑥 찾아온다. 자명종 소리에 놀라 깨는 여느 아침과 달리 잠을 탐닉하고 있는데 나미코가 다가와 방해했다.

"여보. 아이, 여보."

귓가가 간지럽다.

"큰일 났어. 나 유자 사 오는 거 깜박했나 봐."

"없으면 어때서."

나는 그렇게 말했지만 나미코는 고집을 꺾지 않았다.

"안 돼. 옆집에 가서 좀 얻어 올 테니까, 어머님께는 비밀이야."

"알았어."

나는 적당히 대답하고서 이불을 잡아당겼다.

그다음에는 어머니가 나타났다.

"쇼타. 애야, 쇼타."

소곤거리는 것도 모자라 어깨까지 잡고 흔든다.

"설음식 말인데, 도쿄에서는 다들 그렇게 하는지 모르겠지만, 너무 멋만 부리니까 어째 좀 그렇다. 우리는 좀 더 시골스러운, 소박한 게 먹고 싶어. 음식은 늘 먹던 게 아니면 좀 그렇잖니."

이른 아침부터 이렇다 저렇다 말이 많아 성가셨다. 나는 대답하지 않았다.

"들여다볼 생각은 아니었는데, 식탁에 찬합*은 올라 있는데 새 아기는 없는 것 같아서."

내가 여전히 아무 대꾸가 없자 어머니는 한숨을 쉬면서 어쩔 수 없다는 듯 자리를 떴다.

"어머니."

이불을 뒤집어쓴 채로 어머니를 불러 세우고, 단호하게 말했다.

"두말하지 말고 그냥 드세요."

식탁이 차려진 것은 10시가 지나서였다. 나와 나미코를 마주 보고 아버지와 어머니가 옆으로 나란히 앉았다. 새 턱받이를 한 로지는 우리 사이에 앉았다. 떡국에서는 맛있는 냄새가 피어오르고 물론 유자 채도 떠 있었는데, 아버지와 어머니는 가엾을 정도로 긴장하고 있었다.

"설음식에 푸딩까지 있구나. 아주 맛있어 보인다. 기발한 아이디어야."

어머니가 비장한 노력으로 그렇게 말했다. 잠시 뜸을 두고 나미코가 심각하게 정정했다.

"어머니, 그건 로지 거예요."

삼단 찬합의 위 두 단은 인간용, 아래 한 단은 개용이었다. 거기에는 몇 종류의 사료와 바나나, 닭 가슴살 조림과 푸딩이 담겨 있었다.

"새해 복 많이 받으세요."

아연해하는 우리는 전혀 아랑곳하지 않고 나미코가 생글거리
며 말했다.

* 일본에서는 설음식을 찬합에 담아 차린다.

라푼젤들

　창문으로 내려다보이는 길에 사람은 그림자도 없고, 해가 완전히 저문 하늘을 배경으로 앙상한 겨울나무들만 그림자를 늘어뜨리고 있었다. 히로유키는 늘 이 길로 걸어온다. 두 손을 주머니에 쑤셔 넣고 몸을 약간 앞으로 구부리고서. 그리고 먼 옛날 영화에서처럼, 창문에 작은 돌을 던진다.

　여학생들만 사는 이 맨션(그 이름도 '위민즈 하이츠')은 엄한 규칙이 자랑거리다. 방문객은 안내 창구에서 질문 공세를 받은 후, 면회 신청서에 주소와 이름, 거주자와의 관계까지 기입해야 한다. 히로유키가 '그러느니 창문에 돌을 던지는 게 훨씬 낫다'고 생각한 것은 당연한 일이다.

오늘 아침에 우리는 싸웠다. 흔히 있는 사소한 말다툼이었지만, 그 때문에 나는 종일 우울했다. 히로유키가 얼른 나타나 창문 아래에서 웃어주면 좋겠는데. 히로유키의 웃는 얼굴은 백 마디 말이 되어 금세 나를 안심시킨다.

창밖에는 가로수가 스산하게 서 있고, 가로등이 부옇게 빛나고 있다.

인터폰이 울려 문을 열었더니, 아키미와 사치코와 후타바가 서 있었다. 모두 같은 맨션에 사는 여학생들이다.

"뭐야, 너도 집에 있었어?"

성큼성큼 들어와 코트를 벗는다. 집에 있을 경우 우리는 대개 함께 모여 저녁을 먹는다.

"난 안 먹을 거니까 신경 쓰지 마."

애용하는 소니아 리키엘SONIA RYKIEL 파우치에서 손톱을 손질하는 도구 세트와 휴대전화를 꺼내며 아키미가 말했다. 아키미는 언제 어디를 가든 휴대전화를 지니고 다닌다.

"스파게티 만들 건데 붙을 사람?"

내가 묻자 사치코가 눈짓을 보냈다. 커다란 냄비에 물을 끓인다.

"나, 히사시하고 헤어졌어."

들고 온 햄버거를 먼저 우물우물 먹으면서 후타바가 말했다.

"하지만 상관없어. 그런 인간, 미련도 없고."

그러고는 스티로폼 컵에 담긴 수프를 후루룩 한 모금 마시고 물었다.

"검은 후추 있니?"

나는 후추 병을 식탁에 올려놓았다.

"용케 1년이나 사귄다 싶더라, 너희들."

사치코가 잘한 일이라는 듯 말했다. 나는 사태의 심각성을 파악하기 위해 후타바의 얼굴을 쳐다보았다.

"아, 리츠코, 시네이드 오코너Sinead O' Connor 갖고 있네."

스테레오 옆에서 아키미가 말했다. 필 소 디퍼런트Feel so different가 왕왕 울려 나왔다.

"정말 끝난 거야?"

나는 후타바와 마주하고 의자에 걸터앉아 추궁했다.

"그럼."

후타바는 미소 지으며 대답했다. 그리고 들릴락 말락 한 소리로 중얼거렸다. 날 차버렸단 말이지.

"이 사진집, 아주 좋은데."

사치코가 담배를 피우면서 말했다. 나는 변함없이 마이 페이스인 친구들을 어이없어하면서 끓는 물에 스파게티를 주르륵 떨어뜨리며 후타바를 향해 말했다.

"그럼 일은 간단하네. 이미 엎질러진 물은 주워 담을 수 없다. 과거야 어찌 됐든."

후타바는 진지한 표정으로 고개를 끄덕였다.

"별 대단한 남자도 아니었지 뭐."

방바닥에 납죽 앉아 손톱을 갈기 시작한 아키미가 말했다.

"별 대단한 남자도 있나?"

사치코가 끼어들었다.

"성실해 보이기는 했는데."

내가 그렇게 말하자 아키미가 코를 찡그리며 말을 받았다.

"머리는 나빠 보이던데 뭘."

"그래. 치열도 별로 좋지 않았고."

후타바가 냉정하게 말했다.

"그럼 축하 파티를 해야지."

나는 세 친구에게 캔 맥주를 던지고는 스파게티 소스 캔을 땄다. 바질과 바지락과 봉골레 소스였다.

"파티에는 케이크가 있어야지."

열심히 손톱을 갈면서 아키미가 말했다.

"누가 나가서 좀 사 와."

"다이어트 중이라면서."

아키미는 태연하게 "오늘 밤만 잠시 중지."라고 말한다.

"그럼 네가 나가서 사 오든지."

밀크 팬에서 소스가 부글부글 끓으며 마늘 냄새를 풍긴다.

"난 전화 기다리고 있잖아."

"이 사진집 주면 내가 갔다 올게."

사치코가 말했다. 말도 안 되는 제안이었다.

"부탁이 있는데."

후타바가 눈을 치켜뜨고 나를 보면서 말했다.

"햄버거 두 개 중에 하나 줄 테니까, 스파게티 맛이나 보게 해 주라."

진한 블랙커피와 설탕과 크림을 넣은 커피, 크림만 넣은 커피, 그리고 엷은 아메리카노. 커피를 다 끓인 우리는 각자 텔레비전

앞에 자리를 잡았다. 겨울밤을 보내기에 비디오만 한 것도 없다 (내용에 신경을 써서 연애물은 피하고 슬래서 무비를 골랐다). 비디오를 보기 시작한 지 얼마 안 되어 아키미의 전화가 울렸다. 아키미는 순간적으로 일시 정지 버튼을 누르고 반가운 듯 전화기를 집어 들었다.

"30분은 걸리겠지."

사치코가 말했다. 우리는 아키미의 들뜬 목소리(응? 스키? 그럼, 물론 가지. 어딘데? 조오?)를 배경음악으로 묵묵히 커피를 마셨다.

창문에서 톡, 하고 소리가 난 것은 그때였다.

히로유키다.

네 명이 창문으로 달려가니 타닥타닥하고 요란한 소리가 났다. 창문을 열고 꺅꺅거리며 서로들 얼굴을 내민다. 싸늘한 밤바람. 하늘에는 보름달이 둥실 떠 있고, 창문 아래에는 히로유키가 있었다. 그리웠던 저 웃는 얼굴, 가로등 빛에 어린 그림자.

"올라올래?"

물론 벽을 타고 올라 창문으로 들어오겠느냐는 뜻이다. 히로유키가 고개를 젓는다.

"보고 싶어서 잠깐 온 거야."

"꺅, 보고 싶었대!"

세 친구가 환성을 지른다.

"히로유키 씨."

전화기를 든 채로 손을 흔드는 아키미에게 히로유키는 웃음 띤 얼굴로 답했다. 그 웃음이 내게 짓는 미소와는 미묘하게 다른 것을 발견한 나는 나도 모르게 후후후, 하고 웃었다. 그리고 우리 넷은 한꺼번에 외쳤다.

"케이크 좀 사다 줘요!"

우리, 높은 탑에 갇힌 공주님들 같다, 하고 아키미가 조그만 소리로 중얼거렸다.

'위민즈 하이츠'의 밤은 이렇게 시끌벅적 깊어간다.

아이들의 만찬

우리는 현관에서 가슴이 두근거려 어쩔 줄을 몰랐다. 드디어 이날이 온 것이다. 며칠 전부터 남몰래 기다렸던 날, 용돈을 모아 네 명이서 준비한 계획을 실행하는 날.

"문단속 잘 하고, 얼른 자. 알았지?"

엄마의 말에 우리는 약간 불안해졌지만, 리호 언니는 맏딸다운 침착함으로 고개를 끄덕였다. 영리해 보이는 넓은 이마, 여유 있는 입가. 나도 아홉 살이 되면 저렇게 어른스럽게 대처할 수 있을까.

"숙제도 다 해놔야 돼."

엄마의 엄포에 유타카 오빠가 살살거리며 대답한다.

"응, 알았어."

리호 언니가 얼굴을 찡그렸다. 거의 동시에 엄마가 이렇게 말했다.

"어머, 웬일로 그렇게 순순하니."

평소의 오빠 같으면 우선 쳇, 하고 한 소리 하고는 입술을 툭 내밀며 불만스럽게 "나도 알아."라고 했을 게 뻔하다. 그렇게 굴면 무슨 꿍꿍이속이 있다고 털어놓는 거나 마찬가지잖아, 하고 언니가 눈짓으로 말했다. 당황한 유타카 오빠가 고개를 돌리면서 일부러 시큰둥한 태도를 보였다. 여덟 살이나 되었으면서 오빠는 정말 연기력이 없다.

"얌전하게 지내야 한다."

아빠가 그렇게 말하며 커다란 손으로 히사 오빠의 머리를 톡 치고는 나를 안아 올렸다. 옆에서 가느다란 손가락으로 내 볼을 꼭꼭 누르면서 엄마가 마지막으로 한마디 했다.

"시호 울리면 안 돼."

엄마의 손가락은 차갑고 향수 냄새가 난다. 헤헤헤. 언제나 나는 특별 취급이다. 아직 네 살밖에 안 된 데다 막내다. 가령 히사 오빠가 나보다 심한 울보라 해도 말이다.

"잘 다녀오세요."

우리는 그렇게 인사를 하고 엄마와 아빠를 배웅했다.

부엌으로 달려갔다. 냉장고 안에는 샐러드와 레몬주스, 식탁 위에는 빵과 사과와 전자레인지에다 데우기만 하면 되는 치킨 소테(접시 밑에 각각의 이름과 살코기의 크기, 곁들일 채소의 양을 적은 종이가 있다)가 놓여 있다. 엄마의 요리는 언제나 완벽하다. 덕분에 우리는 충치 하나 없고 엄마는 10년 동안 똑같은 몸무게(47.5킬로그램)를 유지하고 있다. 물론 아빠도 성인병에 걸리지 않는다.

"6시에 행동 개시하는 거지."

사과를 깨물어 먹으면서 유타카 오빠가 말했다.

"어, 간식!"

히사 오빠가 빈정거렸다. 하지만 그 목소리는 비난보다 선망에 가까웠다. 우리 집에서는 세 살 때까지만 간식이 인정되니까 말이다.

"오늘은 먹어도 되는 걸로 하자."

해가 저물어가는 하늘을 바라보면서 언니가 허락했다.

"사과 하나 먹는 게 뭐 큰 잘못이라고."

6시가 되자 사방이 완전히 어두워졌다. 감색 하늘에 하얀 달이 낮게 떠 있다.

"가자."

유타카 오빠의 말을 따라 우리는 줄줄이 마당으로 나갔다. 마당 왼쪽 구석에 있는 동백나무 바로 앞에 구멍을 팠다. 삽으로 퍼 올린 흙은 거뭇거뭇하고 축축했다. 지렁이를 만지작거린 히사 오빠의 손톱 밑이 새까매졌다. 어둠이 물에 젖은 것처럼 파래서, 가로등에 비친 모두의 얼굴이 하얗게 부각되었다.

"이제 된 것 같다."

언니가 양동이만 하게 깊어진 구덩이를 보며 말했다.

우리는 부엌으로 뛰어갔다가 다시 마당으로 나와, 입을 쩍 벌린 흙 양동이에 빵을 던졌다. 차례차례로. 선명한 초록색이 시원한 샐러드를 버리고, 치킨 소테를 버리고, 치킨 소테에 곁들일 홍당무와 시금치도 버렸다. 그 위에다 레몬주스를 주룩주룩 뿌렸다. 흙 양동이는 하나 가득 찬 행복한 위처럼 보였다.

"다 몸에 좋은 거니까 괜찮을 거야."

나는 그렇게 말했다.

"그래."

히사 오빠도 그렇게 말했다.

"이제 성인병에 안 걸릴 거야."

달이 꽤 높이 올라왔다. 우리는 구덩이에 후드득후드득 흙을 뿌리면서 행복한 양동이를 메웠다.

"자, 이제 우리도 밥 먹자."

유타카 오빠를 따라 우리는 우선 손을 씻고 양치질을 했다. 그러고는 침대 밑에 숨겨놓은 선망의 먹을거리—컵 라면, 요란스러운 오렌지색 소시지, 부드러운 쌀 과자와 매실 잼, 편의점에서 파는 삼각 김밥, 생크림이 잔뜩 든 백 엔짜리 점보 슈크림—를 꺼내놓고 신 나게 먹었다. 자기 좋은 장소에서 먹고 싶은 만큼 마음껏. 리호 언니는 마당에서 삼각 김밥을 먹었고, 나는 침대 속에서 매실 잼을 핥았다. 두 오빠는 욕실에 숨어 깔깔대며 라면을 후루룩거렸다. 걸으면서도 먹고 노래하면서도 먹었다. 금지 사항을 모두 해보기로 한 것이다. 시끌시끌하게 먹는 저녁. 가끔씩 언니가 만족한 목소리로 이렇게 중얼거렸다.

"아, 몸에 나쁠 것 같다."

그 말을 들으면 나는 가슴이 두근거렸다. 스릴과 죄책감. 가슴 속에서 매실 잼과 슈크림이 뒤섞인다.

9시쯤 뒷정리가 끝났다. 이를 닦고 침대로 들어갔을 때 속은 약간 울렁거렸지만 머리는 묘한 흥분으로 충만해 있었다. 신 나고 터프하고 와글와글한 밤이었다. 물에 타 마시는 분말주스를 마시고 입가가 오렌지색으로 동그랗게 물들었을 때는 모두 미친 듯이 웃어댔다. 정말 웃겼다. 그 생각이 나서 웃고 있었더니, 옆 침대에서 언니가 무서운 표정을 지으며 말했다.

"얼른 자."

이제 곧 엄마와 아빠가 돌아온다. 우리의 머리를 쓰다듬으면서 엄마는 이렇게 물으리라.

"밥 잘 먹었어?"

우리는 싱긋 웃으면서 대답한다.

"그럼 먹었지. 얼마나 맛있었다고."

창밖에는 둥그런 달님. 방바닥 한가득, 달빛이 넘실거린다.

맑게 갠 하늘아래

나는 요즘 밥을 먹는 데 두 시간이나 걸린다. 틀니 때문이 아니다. 먹는 것과 사는 것이 잘 구별되지 않기 때문이다.

가령 오늘처럼 할미가 계란말이를 만들어주면, 나는 그것을 먹으면서 옛날에 꽃구경하러 갔던 때를 떠올린다. 그러고 보니 올해는 우리 마당에 벚꽃이 아직 안 피었군, 하고 생각하면서 마당을 보면, 할미가 희미하게 미소 지으면서 이렇게 말한다.

"그 나무는 벌써 오래전에 잘라버렸잖아요. 20년 전에 하도 송충이가 껴서, 당신 손으로 잘랐잖아요."

"그랬나."

나는 노란 계란말이를 한 입 잘라 먹으면서 그랬는지도 모르지, 하고 생각한다. 그리고 별생각 없이 젓가락을 내려놓는 순간에, 지나간 20년을 다시 한 번 살곤 한다.

할미는 지금처럼 할미인데, 전갱이 살을 젓가락으로 집으면서 "다츠오가 내년에는 무사히 대학에 들어가면 좋으련만." 이라고 말한다.

"아니지. 그건 다츠오가 아니지."

전갱이를 좋아하는 다츠오는 내 아들이고, 지난겨울 입시에 실패한 다츠오는 내 아들의 아들인 다츠오였다. 그렇게 설명하면 할미는 조금도 놀란 기색 없이 "아이고 맞아요, 그렇죠." 라고 말하며 미소 짓는다. 어느 쪽이든 아무 상관없는 일이라는 듯이. 그러고는 하얀 밥을 천천히, 아주 천천히 씹는 할미의 속눈썹 위로 30년, 40년 세월이 소리 없이 지나가는 것이 보인다.

"당신 왜 그래요? 넋 나간 사람처럼."

밥그릇에서 얼굴을 들고 할미가 말한다.

"국이 다 식어요."

나는 고개를 끄덕이고는 사발을 들고 국을 후루룩 마신다. 조그만 밀개떡이 입술에 부드럽게 닿는다.

할미도 옛날에는 밀개떡처럼 부드러운 처자였다. 밀개떡처럼 부드럽고 계란말이처럼 친근한 맛이 났다.

우후후, 하고 할미가 부끄러운 듯 웃었다. 마음속을 꿰뚫어 본 것 같아, 나는 머쓱해지고 만다.

"왜 웃나?"

퉁명스럽게 묻자, 할미는 고개를 비스듬히 기울이고는 젓가락으로 오이김치를 집으면서 말한다.

"당신도 옛날에는 이랬어요."

할미는 요즘 들어 내가 말하지 않은 것까지 다 안다.

불현듯 좀 어색한 기분이 들었다. 할미가 유카타를 입고 있는 것이다. 하얀 바탕에 도라지 꽃 무늬를 물들인 시원스러운 유카타다.

"당신, 아무리 그래도 그렇지, 유카타는 좀 이른 거 아닌가."

내가 그렇게 말하자 할미는 천천히 고개를 저으면서 눈을 가늘게 찌푸리고 툇마루 너머 마당을 내다본다.

"이렇게 날씨가 좋은데, 괜찮아요."

과연 햇살 가득한 마당이 따스해 보였다.

"밥 다 먹고 산책이라도 나갈까. 강둑에 벚꽃이 한창일 텐데."

할미는 반가운 소리라는 듯 호호호, 하고 소리 내어 웃는다.

"어제도 엊그제도 그렇게 말했어요. 어제도 엊그제도 산책하러 나갔고."

흐음. 듣고 보니 그런 것 같은 기분이 들어 나는 입을 다물었다. 그랬나. 어제도 엊그제도 산책을 하러 나갔나. 할미는 또 호호호, 하고 웃는다.

"오늘 또 가면 어때서."

나는 골이 난 사람처럼 말한다.

"어제도 엊그제도 했는데, 오늘도 한다고 안 될 게 무에야."

"그럼요."

할미는 그렇게 말하면서 웃는 얼굴로 차를 따른다. 쪼르륵, 기분 좋은 소리를 내며 뜨거운 차가 찻잔에 떨어진다.

"그렇게 웃으면 주름살 늘어."

나는 오이김치를 아삭아삭 먹는다.

강둑에는 벚꽃이 활짝 피어 있고, 산책 나온 사람들이 많아 벤치는 하나도 비어 있지 않았다. 우리는 나란하게 서서 어린애들과 강아지들로 북적북적한 길을 천천히 걸었다. 바람이 불자 꽃잎이 휘날려 풍경에 하얀 잔무늬가 생겼다.

"공기에서 좋은 냄새가 나네요."

할미가 황홀한 표정으로 말한다.

"봄은 정말 좋네요."

나는 아무 말 없이 걷기만 했다. 옛날부터 감탄사는 할미 몫이다. 할미에게 맡기면 내 기분까지 다 대변해준다.

발소리가 들리지 않아 옆을 보니 할미가 쭈그리고 앉아 냉이꽃을 따고 있었다.

"나는 가네."

벚꽃이 이렇게 활짝 피었는데 잡초는 뭐 하러 따나, 하고 생각했지만 잎을 따낸 냉이 꽃을 흔들며 걸어오는 할미를 보고는 그렇다 말은 할 수 없었다. 등에 비치는 햇살이 따스하다.

집에 돌아오니 다에코가 앉은뱅이 상을 닦고 있었다.

"오셨어요. 산책, 좋으셨어요?"

다에코는 둘째 며느리고, 전철로 두 정거장 떨어진 곳에 살고 있다.

"미안하구나, 집안일을 하게 해서. 그냥 놔둬, 이 사람이 할 테니까."

턱을 치켜들고 할미를 채근하려 했는데, 거기에는 아무도 없었다. 다에코가 아주 잠깐, 동정 어린 낯빛을 보이고는 한결 밝은 목소리로 물었다.

"맛이 너무 엷지 않던가요?"

"아 그 국, 네가 끓인 것이냐. 나는 할미가 끓인 줄 알았지."

머리가 멍해지면서 피로가 몰려와 툇마루에 앉았다.

"할미는 어디 갔나."

소리 내어 말하면서 나는 선명하게 기억을 떠올린다. 할미는 이미 죽었다. 작년 여름에 감기에 걸렸다가 죽었다.

"얘야."

나는 며느리를 부르는 자신의 맥없는 목소리에 스스로 놀랐다.

"네, 아버님."

둘째 며느리가 상냥하게 대답한다.

"저녁때도 계란말이하고 밀개떡국 만들어주련."

"그럴게요."

둘째 며느리가 밝게 웃는다.

나는 요즘 밥을 먹는 데 두 시간이나 걸린다. 틀니 때문이 아니다. 먹는 것과 사는 것의 구별이 점차 힘들어지기 때문이다.

체리파이

　"아빠, 빨리 좀 와줘."

　딸의 말투로 보아 몹시 동요한 듯했다.

　"제발, 빨리."

　토요일 밤 8시, 나는 일단 차에 올라탔다. 순환도로를 달리면서 이삼 일 전에 걸려 왔던 시즈에의 전화를 생각한다.

　"그래서, 어제 에리코에게 뭐 먹였는데?"

　가시 돋친 말투였다. 공격적이라기보다 자신을 과도하게 방어하는 목소리. 방심하면 안 된다고, 상대에게 절대 빈틈을 보여서는 안 된다고 신경을 곤두세운.

　"생선 초밥 먹었지."

대답하면서 나는 옆에 있는 메모지에 낙서를 했다. 똑바른 선과 구불구불한 선을 긋고 글자로 사람 얼굴을 만들고 아무 의미 없는 추상적인 무늬를 그렸다. 그렇게라도 하지 않으면 슬퍼서 정신을 잃을 것 같았다.

그럴 만도 하다. 우리는 바로 얼마 전까지 부부였다. 옛날에 시즈에의 목소리는 과자처럼 달달했고, 내 목소리 역시 그렇게 무미건조하지는 않았다. 그런데 지금은 서로를 의심하고, 시즈에는 내가 딸과 외식을 할 때마다 내용을 검열한다.

시즈에는 한숨을 쉬었다.

"너무 사치스럽게 굴지 마."

말도 안 되는 소리, 하고 나는 마음속으로 생각했다. 내가 에리코와 외식을 하는 것은 한 달에 고작 한두 번이다. 그런데 메밀국수나 피자를 먹지 않았다고 해서 무슨 문제가 된다는 말인가.

"미묘한 문제야."

시즈에는 그렇게 말했다.

"안 그래도 엄마는 아이의 이미지 속에서 아빠보다 안정감이 없는 존재니까."

그래봐야 쓸데없는 책이나 읽고 하는 소리일 것이다. 편모 가

정의 아동심리니 뭐니 하는 책들.

"알았어. 앞으로 조심할게."

나는 그렇게만 대답했다.

나와 시즈에는 반년 전에 이혼했다. 이혼 얘기가 오가면서부터 관계가 뒤죽박죽되었다. 서로를 증오하고 저주한 끝에 남은 것은 헤어날 길 없는 피로와 패배감뿐이었다.

아홉 살이 된 딸 에리코와는 간혹 만난다. 에리코는 엄마를 닮아 미인이다. 학교에서 도서 위원을 맡고 있는 듯하다.

"엄마 아빠가 결정한 일이니까, 난 별 상관 없어."

기특하게도 에리코는 이혼에 대해서 그렇게 말했다. 시즈에는 두 번 다시 이 집 문턱을 넘을 생각 말라고 했지만, 딸의 SOS를 모른 척할 수는 없다.

주차장에 차를 세우고, 익숙한 엘리베이터를 타고 3층으로 올라갔다. 현관까지 몇 걸음인지 몸이 기억하고 있었다. 눈을 감고 걸어도 갈 수 있다. 원래는 우리 집이었던 집 앞에 서서, 나는 약간 긴장한 채로 벨을 눌렀다. 현관문 너머에는 내 딸과 나의 아내였던 여자가 있다.

타닥타닥 뛰어오는 소리가 들리더니 엿보기 구멍으로 내다보는 기척이 나고, 체인과 자물쇠를 모두 푼 후에야 문이 열렸다.
성격이 대범한 시즈에는 간혹 문도 잠그지 않은 채 잠들었다. 그
래서 조심스럽지 못하다고 야단을 하곤 했는데.

"아빠?"

에리코가 가냘픈 목소리와 함께 내 품으로 뛰어들었다.

"엄마가 방에서 안 나와."

거의 울먹거리고 있었다.

"내가 저녁 먹고 난 다음에 디저트 남겼다고."

기가 막히다. 화가 치밀면서 피가 거꾸로 치솟았다. 그런 일로
내 딸을 괴롭히고 이렇게 불안에 떨게 하다니.

아무리 문을 두드려도 시즈에는 문을 열지 않았다.

"그냥 내버려 둬."

그렇게 소리를 지르면서 엉엉 울어댔다. 거의 어린애 수준이
었다. 나는 고함을 질렀다 달랬다 하면서 어떻게든 문을 열게 하
려 했지만 헛수고였다.

에리코는 부엌에서 포테이토칩을 먹고 있었다.

"아빠 얼굴 보니까 배고파졌어."

식탁에는 먹고 치우지 않은 그릇과 손도 대지 않은 파이가 놓

여 있었다. 체리가 소복하게 얹혀 있는 먹음직스러운 파이였다.

"그럼 파이 먹으면 되잖아."

내가 그렇게 제안하자 에리코는 허둥지둥 고개를 저었다.

"과자는 먹고 싶지 않아."

"왜? 단거 좋아하잖아."

나는 딸의 얼굴을 쳐다보면서 묻고는, 몇 달 전 이혼하고서 처음 에리코와 외식했을 때의 일을 떠올렸다.

"엄마가 매일 과자 만들어준다."

에리코는 신이 나서 그렇게 말했다.

"매일?"

우리는 장어구이 집에서 장어 된장국을 먹고 있었다.

"응. 푸딩도 만들어주고, 쿠키나 케이크 같은 것도."

시즈에는 요리하는 것을 좋아하지 않았기 때문에 나는 조금 놀랐다. 하지만 딸의 다음 말을 듣고는 나도 모르게 씁쓸히 웃고 말았다.

"일 때문에 밥은 사 오거나 레토르트식품으로 때우지만."

잡다하게 어질러진 부엌을 천천히 돌아본다. 씻지 않은 그릇과 벽에 걸린 달력, 선 채로 포테이토칩을 먹고 있는 딸, 그리고 반짝반짝 빛나는 먹음직스럽고 멋들어진 체리 파이.

집안일은 무엇 하나 제대로 하지 못하면서 매일 과자를 만들다니, 그런 식으로 열을 올리다니, 정말 그 여자답다. 책에서 읽었는지도 모르겠다. 엄마가 손수 만든 과자가 아이에게 미치는 좋은 영향이니 뭐니 하는 글을.

나는 시즈에가 부엌에서 악전고투하는 모습을 상상했다. 애처롭고 우스꽝스럽고 슬퍼서, 나는 백 년 만에 시즈에가 가여워졌다. 용서할까, 하고 생각했다.

파이를 잘라 한 조각 입에 넣었다. 와삭, 하는 소리가 나면서 버터와 커스터드가 입 안에 퍼졌다. 체리를 조리는 방법이 다소 미숙하게 느껴졌지만, 굉장히 신선한 파이였다.

레몬을 곁들인 홍차와 파이를 쟁반에 담아 침실 앞으로 들고 갔다. 노크를 했지만 시즈에는 대답하지 않았다. 억눌러도 터져 나오는 오열 소리가 들린다. 나는 문 앞에서 말했다.

"난 그만 갈게. 그리고 오늘은 내가 에리코 데리고 잘게. 내일 아침에 데리고 올 테니까 걱정 마. 홍차, 여기다 둘게."

울음소리는 그쳤지만, 여전히 아무 반응이 없다.

"괜찮아. 시간이 흐르면 다 잘될 거야. 이건 전남편이라고 하는 말이 아니고, 친구로서 하는 말이야. 이혼은 했지만, 그렇다고 당신이 외톨이인 건 아니니까."

귀 기울여보았지만 역시 대답은 없었다.

나는 발치에다 쟁반을 내려놓았다.

"그리고 파이, 맛있더라."

조수석에 에리코를 태우고 시동을 걸었다. 안전띠를 매고 라디오를 켜고 주차장을 빠져나오면서 문득 올려다보았더니, 베란다에 시즈에의 얼굴이 있었다. 밤 속에 떠 있는 하얀 얼굴. 멀리서도 보일 만큼 눈이 퉁퉁 부어 있었지만 그래도 손을 흔들고 있었다. 난감해하고 떨떠름해하고 머쓱해하는 어린애 같은 표정으로.

후지시마 씨가 오는 날

오늘은 후지시마 씨가 와 있다. 아침부터 알고 있었다. 후지시마 씨가 오는 날에는 치하루가 어수선하게 구니까.

후지시마 씨는 부엌에서 냄비에 감자를 삶고 있다. 치하루는 거실에서 슈워제네거가 나오는 비디오를 보고 있다. 땅콩을 오물오물 먹으면서. 개인적으로(개묘적個猫的이라 해야 하나) 나는 후지시마 씨는 부엌에 어울리지 않는다고 생각한다. 하지만 회사 중역 타입인 사람이 부엌에서 어정대는 모습이 그런대로 볼 만하고 재미나다.

갓 목욕을 하고 나온 치하루는 살구 색 슬립에 하얀 요트 파카를 걸치고 있다. 치하루는 후지시마 씨가 선물해준 그 슬립을 아주 좋아한다.

"난 어쩜 이렇게 슬립이 잘 어울리지."

그때 치하루는 포장을 뜯자마자 입어보면서 그렇게 말했다.

"왜, 너무 풍만하거나 말라깽이면 슬립 입은 모습이 볼썽사납잖아."

그 슬립은 치하루의 하얗고 매끈한 팔다리에 잘 어울렸다.

후지시마 씨가 오는 날이면 치하루는 일부러 방 안을 살짝 어질러놓는다. 잡지꽂이에 꽂혀 있던 잡지를 아무 데나 흩트려놓고, 침대도 반듯하게 정리하지 않고 커버만 씌워놓는 등. 그리고 냉장고를 비우기 위해 맛난 것을 잔뜩 만들어 먹는다. 치하루는 음식 솜씨가 좋아서, 나도 덩달아 융숭한 대접을 받는다. 그래도 남는 것은 옆집에 준다. 또는 미련 없이 버리든지.

"다 됐어."

후지시마 씨가 삶은 감자를 큰 접시에 옮겨 버터를 바르고 후추와 잘게 썬 파슬리를 뿌려서 조심조심 거실로 들고 왔다.

"와, 맛있겠다. 나, 배가 꼬르륵거렸는데."

그들은 캔 맥주로 건배를 하고 뜨거운 감자를 호호 불면서 먹었다.

"운동을 했으니까 배도 고프겠지."

후지시마 씨가 그렇게 말했다. 나는 그 옆에서 기지개를 편다.

후지시마 씨는 대개 6시쯤 온다. 그들은 우선 침실에 가서 운동을 한다. 운동을 다 하고 나면 9시쯤이다. 그다음 치하루는 목욕을 하고 후지시마 씨는 부엌으로 간다.

"당신은 요리 솜씨가 정말 좋다니까."

치하루가 말했다. 나는 고개를 쳐든다. 목에 달린 방울이 딸랑거린다. 너무 치켜세우지 말라니까.

"무슨, 이 정도 가지고."

후지시마 씨가 겸손을 떨었다. 그 모습을 보면서 치하루는 생긋 웃는다.

"난, 누가 뭐 해주면 정말 좋더라. 뭘 만들어주는 것도 좋고, 선물도 좋고."

나도, 나도. 나도 머리를 쓰다듬어주면 좋더라. 벼룩을 잡아주는 것도 좋고. 나는 치하루의 무릎에 올라앉아 몸을 웅크린다. 매끈매끈한 슬립의 감촉, 그 너머로 느껴지는 치하루의 체온. 나는 치하루의 무릎에서 털을 핥기 시작한다. 무대 옆에서 차례를 기다리는 여배우처럼.

"있지, 후지시마 씨."

녹아드는 눈빛으로 치하루가 말했다.

"나, 당신이 너무너무 좋아!"

나는 위험을 간파하고 치하루의 무릎에서 얼른 내려왔다. 후지시마 씨는 그 커다란 덩치로 치하루를 덮치니까. 야옹, 깜짝 놀랐네. 나는 부엌으로 피신했다. 인간들의 사랑은 정말 곤욕스럽다. 좀 더 질서 정연하게 할 수 없을까. 계절별로 정리를 하든지.

11시 반, 그들은 현관에서 잠시 포옹을 한다. 치하루가 뭐라고 농담을 한다. 둘이 깔깔대고 웃는다. 그리고 후지시마 씨는 돌아간다.

"또 전화할게."

늘 그런 나지막한 목소리를 남기고.

현관문이 닫힌 후에도 치하루는 거실로 돌아오지 않는다. 문 앞에 멍하게 서 있다. 살구 색 슬립 아래로 매끈하고 하얀 두 다리가 뻗어 나와 있다.

야옹, 야옹. 다가가 울면 치하루는 나를 안아 올린다. 나는 내 명품 보송보송한 털을 치하루의 품에 비벼댄다.

"아, 겨우 갔다."

"야옹(웅)."

"후련하다."

치하루는 여느 때의 치하루처럼 밝은 목소리로 말한다.

"난 말이지, 남자에게는 절대 먹을 거 안 만들어줄 거야."

"야옹(알아)."

치하루는 자신의 엄마를 싫어한다. 후지시마 씨의 부인도 싫어한다. 매일 저녁을 준비해놓고, 반드시 돌아올 사람을 기다리는 여자를 싫어한다. 교묘한 덫을 설치하듯 음식을 만드는 사람들을 싫어한다.

"야옹(나도 다 알아)."

나는 그렇게 말하면서 치하루의 가슴에 머리를 비빈다.

얼른 설거지하고, 얼른 자자. 후지시마 씨는 또 올 거잖아.

치하루는 나를 살며시 쿠션 위에 내려놓고, 요트 파카의 소매를 걷어 올리고 설거지를 시작했다. 하지만 후지시마 씨가 온 날, 치하루는 늘 부르는 콧노래를 흥얼거리지 않는다. 사실은 음식도 아주 잘하면서, 하고 나는 치하루의 등에 대고 말한다. 찰 팍찰팍, 물소리가 난다. 탁탁, 그릇들이 부딪치는 소리가 난다.

체크무늬
테이블클로스

도심에서 자동차로 다섯 시간, 그 가운데 두 시간은 산길을 달려야 하는 이 당치도 않은 곳까지 찾아온 것은 언니가 보고 싶어서가 아니었다. 나와 언니는 뭐랄까, 종족이 다른 인간이다. 딱히 사이가 나쁜 것은 아니지만, 서로 거리를 두지 않으면 거북하다. 아주 어렸을 때부터 그랬다. 마지막으로 만난 지 벌써 몇 년이나 지났고, 그래서 허전하다고 생각한 적도 없다. 그러니까 유급휴가까지 포함해 열흘이나 되는 여름휴가를 언니와 함께 보내려 한 것은 그저 엄마 곁을, 그리고 도쿄를 어떻게든 떠나고 싶었기 때문이다.

어젯밤에도 엄마는 한숨을 쉬면서 말했다.

"도무지 왜 그러는지 모르겠구나."

몇 번이나 들었는지 모를 말이다. 엄마도 정말 몰라서라기보다 혼자 넋두리를 하듯 중얼거렸다. 나는 반사적으로 왼손을 보았다. 해방된 약지.

"너나 슈코나 남자 운도 참 없지."

두 번 결혼하고 두 번 이혼한 엄마다. 유전이야. 목구멍까지 기어 올라온 말을 꾹 눌러 참았다.

"아버지가 달라도 자매는 닮는 건가 보다."

"그만 해, 엄마."

언니와 똑같이 취급하지 마. 그 사람과 나는 전혀 다른 사람이니까.

"정말 아쉽다. 사윗감으로 더없이 좋았는데."

엄마란 인종은 어떻게 그런 말을 할 수 있는지 모르겠다. 가을에 입을 예정이었던 웨딩드레스, 둘이서 여행을 떠나려 했던 여름휴가, 그리고 썰렁한 약지.

주차장에 차를 세우자 지지직거리는 소리가 나면서 작은 돌이 타닥타닥 튀었다. 그 소리를 듣고 덩치는 큰데 깡마른 검은 개가 뛰어나왔다. 시동을 끄고 차에서 내렸다. 날씨가 너무 좋아, 그마저 나를 비웃는 기분이었다. 그래도 산 위라서 그런지 공기는 시원하고 상쾌했다. 개는 고개를 낮추고 컹컹 짖었다. 개를 뒤따라 언니가 종종걸음으로 나타났다.

"어서 와. 오느라 힘들었지."

밀짚모자 아래서 생긋 웃는 언니의 두 볼이 핑크 빛이었다. 소녀 취향의 꽃무늬 원피스. 여전하다. 언니는 올해 나이 마흔이다. 그런데 언니가 먼저 입을 열었다.

"얘는 차림새가 왜 그러니. 나이 서른이나 된 여자가, 잘도 그렇게 짧은 치마를 입고 다닌다."

저먼, 이리 와. 언니는 개를 부르고는 성큼성큼 집으로 들어갔다.

"그 녀석, 언제까지 그렇게 들개처럼 키울 거야. 목걸이라도 좀 해주지."

나는 언니의 등에 대고 괜한 험담을 늘어놓는다. 그건 그렇고, 이 집 마당은 정신없을 정도로 잡초가 무성하다.

"배고프지?"

비누와 수건을 꺼내주면서 언니가 물었다.

"마당에다 점심 준비해놨다."

참 한가로운 사람이다.

언니는 현실감이라는 것이 없는 사람이다. 통나무 오두막을 겨우 면한 이 집이 언니의 주거지 겸 아틀리에다. 18년 동안의 불륜 생활 끝에 느닷없이 헤어지자는 통보를 받고는, 위자료 격으로 건진 것이 이런 산속의 통나무 오두막이다. 사람이 좋은 건지. 언니를 보고 있으면 짜증이 난다. 나는 이런 인생만큼은 사양하겠노라고 생각해왔다.

마당에 놓인 조그만 테이블에는 초록색 체크무늬 테이블클로스가 덮여 있고, 그 위에서 레모네이드를 하나 가득 담은 피처가 햇살에 반짝이고 있었다.

"난 소식해."

의자에 앉은 언니가 무릎에 냅킨을 펴면서 말했다. 말 그대로 테이블에는 샐러드와 샌드위치, 그리고 동그란 오렌지 두 개뿐이었다.

"알아."

나는 그렇게 말하고 호밀 빵 샌드위치를 집어 안에 버터나 마요네즈를 바르지 않았는지 확인했다. 머스터드는 상관없다. 머스터드 알갱이가 들어 있으면 더욱 좋다. 샐러드에 오이와 토마

토가 들어 있는지도 확인하고서, 비바람에 시달렸을 나무 의자에 앉았다. 엄마가 늘 해대는 잔소리가 떠오를 것 같아, 잠시 몸을 움츠린다. 왜 그리 편식이 심하냐.

이곳은 정말 고요하다. 바람이 잡초와 나무를 스치고 지나가는 소리도 들리지 않는다. 엷은 보라색의 호리호리한 꽃이 한데 모여 흔들리고 있다.

우리는 말없이, 천천히 점심을 먹었다. 불필요한 것이 없는 고급한 식사였다. 몸도 마음도 건강해질 것 같은. 먼 옛날에, 이런 장소로 소풍을 갔었지. 그때, 엄마가 아니라 언니가 도시락을 싸주었다.

"궁금한 거 있으면 물어봐도 돼."

식사 후에 오렌지를 먹으면서 내가 말했다. 갑자기 약혼을 파기했다. 아무것도 묻지 않는 것이 오히려 부자연스럽다. 나는 누구든 내게 신경 쓰는 것을 좋아하지 않는다.

"궁금한 거?"

언니는 이상하다는 듯 조그만 얼굴을 갸웃거렸다.

"글쎄."

잠시 생각하는 표정이었다. 그러더니 내 얼굴을 보면서 생긋 웃고는 물었다.

"그 사람, 신발 사이즈가 몇이었니?"

"250."

기뻐하던 언니의 그때 얼굴. 이겼다, 하면서 언니는 레모네이드 잔을 비웠다.

"우리 애인은 265였거든."

나는 어이가 없었다. 그리고 갑자기 울고 싶어졌다.

"기가 막혀서. 정말 바보 같다."

정말 바보 같다. 자매가 나란히 무슨 짓인지.

"핏줄이 그런 거지 뭐."

언니가 또 생긋 웃었다. 색이 바랜 밀짚모자에 마른 꽃이 꽂혀 있다.

"포기해."

언니가 부드러운 눈빛으로 말했다.

"말도 안 돼."

나는 말은 그렇게 했지만, 마음속으로는 신기할 정도로 침착하게 모든 것을 받아들이고 있었다. 언니를 만나려고 한 그 시점에 이미 포기했는지도 모른다. 나와 언니는 서로를 마주 보았다.

산에서 바람이 살랑살랑 불어왔다. 우리 손에서 오렌지 향이 선
명하게 피어올랐다.

미나미가하라 단지A동

　자유롭게 쓰라고 한 글짓기를 채점하는데, 이런 것이 있었다. 같은 단지에 사는 세 아이가 쓴 것인데, 한결같이 흥미롭고 게다가 절실한 느낌이 묻어났다. 다행히 나는 아이들의 작문에 '좀 더 노력하세요.'란 딱딱한 말을 쓰는 취미는 없는 덕분에 세 글짓기에 모두 동그라미 다섯 개를 그려주었다.

꾸중

4학년 2반　오시마 가나코

　일주일 전에 저는 엄마에게 꾸중을 들었습니다. 밥을 먹으면서 두 번이나 "레이코는 좋겠다."라고 말했기 때문입니다. 첫 번째에는 엄마가 젓가락을 든 채로 나를 힐끔 쳐다보기만 했는데, 두 번째에는 밥그릇과 젓가락을 식탁에 내려놓고 엄한 목소리로 "그럼 레이코네 집에 가서 살지 그러니."라고 말했습니다. 나는 식탁에 놓여 있는 현미밥과 해초 샐러드와 황금버섯무침을 내려다보면서 마음속으로 '남의 집에 가서 어떻게 살아.' 하고 생각했지만 잠자코 있었습니다.

나는 살이 찐 편입니다. 키는 145센티미터인데 몸무게는 54킬로그램이나 됩니다. 엄마가 벽에 붙여놓은 차트에서 보면 '비만'에 해당하는 오렌지색입니다. 빨간색은 '고도 비만'입니다. 나는 '고도 비만이 아니면 됐지 뭐.' 하고 생각하는데, 그렇게 말하면 엄마는 몹시 화를 냅니다.

"대체 누구 때문에 날마다 귀찮게 칼로리를 계산하는지 알기나 하니."

엄마는 그렇게 중얼거리면서 한숨을 쉬고는 또 이렇게 말합니다.

"어른이 되면 엄마에게 고마워할 거다."

나는 엄마가 왜 그렇게 내 살을 빼려고 하는지 모르겠습니다. 봄방학 때는 엄마와 함께 감량 교실이란 곳에 다녔습니다. 나는 3킬로그램밖에 빠지지 않았는데 그것도 금방 제자리로 돌아갔기 때문에 엄마가 실망이 컸습니다. 엄마는 살을 뺄 필요가 없는데도 2킬로그램 빠진 후 제자리로 돌아가지 않는다고 합니다.

레이코는 나 정도는 아니어도 역시 살이 찐 편입니다. 키는 나와 비슷하고 몸무게는 50킬로그램입니다. 그런데 레이코의 엄마는 전혀 신경 쓰지 않기 때문에 아무거나 먹어도 상관없다고 합니다. 레이코는 학교에서 돌아가는 길에도 아이스크림 같은 것을 사 먹습니다. 그것도 더블 콘으로 말이죠. 벽에 차트도 붙어 있지 않고, 몸무게 그래프를 적지 않아도 된다고 합니다.

나는 일주일 전에 엄마에게 꾸중을 듣고, 텔레비전을 보지 않는 벌을 받았습니다. 하지만 역시 레이코는 좋겠다는 생각이 듭니다.

나의 꿈

4학년 2반   기타무라 레이코

나의 꿈은 결혼을 해서 엄마가 되는 것입니다. 그것도 우리 엄마 같은 엄마가 아니라 가토네 엄마처럼 늘 집에 있고 집안일을 잘하는 엄마가 되고 싶습니다.

우리 엄마는 일을 하니까 힘들겠다는 생각은 하지만, 돈이 없는 것도 아니고 아빠도 일을 하니까 엄마는 집에 있었으면 좋겠습니다.

우리 엄마는 반찬도 만들지 않고 청소도 일주일에 한 번밖에 하지 않습니다. 세탁기는 한밤중에 돌리는데, 다림질 거리를 밀려두기 때문에 아침에 학교에 갈 때 가끔은 다림질한 손수건이 없기도 합니다. 우리 집에서는 중학생인 언니가 밥을 짓습니다. 언니는 카레라이스와 스튜를 잘 만드는데, 그런대로 맛이 있습니다. 하지만 보통 냉동 크로켓이나 냉동 커틀릿을 먹는 일이 많아 싫증이 납니다.

가토의 엄마는 취미가 요리라고 합니다. 가토네 집에 놀러 갔을 때, 걔네 엄마가 직접 그렇게 말했습니다. 나는 그 말을 듣고 속으로 깜짝 놀라, 가토는 참 운이 좋은 애구나,

하고 생각했습니다. 가토네 엄마는 요리 학원도 네 군데나 다닌 적이 있다고 합니다. 과자를 만드는 학원 외에도 말입니다. 그리고 가토네 엄마는 우리가 사는 A동에서 제일 미인입니다. 말도 상냥하게 합니다.

우리 엄마는, 내가 엄마가 되는 게 꿈이라고 하니까 야심도 없고 한심하다고 하지만, 나는 역시 어른이 되면 결혼해서 가토네 엄마 같은 엄마가 되고 싶습니다.

나의 고민
4학년 2반   가토 겐이치로

솔직히 말해서 나의 고민은 엄마가 만드는 음식이다. 내가 붙인 엄마의 별명은 요리 마녀. 내가 붙인 별명이지만 센스 만점이라고 생각한다. 그녀는 정말 마녀. 이성으로는 대항할 수 없는 세계에 산다. 먹을거리에 집착하는 것 자체가 낡은 감각이다. 식사는 몸에 필요한 영양을 섭취하기 위한 작업이라는 것을 분명하게 인식했으면 좋겠다. 모든 식사가 캡슐화되었으면 좋겠다. 뭘 먹으려면 턱이 아프다. 프

랑스 요리, 중국 요리, 에스닉 요리, 거기에다 정통 일식. 그런 복잡한 식사만으로도 피곤한데 엄마는 매일 간식에도 마녀적인 정열을 불태운다. 아침도 먹기 전부터 슈크림이니 프루츠 타르트 같은 간식거리와 마티니 맛 크레페, 앙글레즈 소스 프랑부아즈 케이크, 이름만 들어도 머리가 지끈거리는 과자를 만든다.

하지만 불행하게도 나는 마음이 약하다. 엄마가 내 방으로 찾아와, "겐, 간식 먹을 시간이야."라고 하면 거절할 수가 없다. 그것도 엄마는 최악의 타이밍에 나타난다. 예를 들면 내가 컴퓨터게임을 하면서 조금 있으면 이길 판인데 하필이면 그때 나타나 "지금 갓 구워냈으니까, 얼른."이라고 한다. 나는 속으로 쳇, 하고 생각한다.

그리고 더욱 어이없는 것은, 나는 나름대로 노력하고 있는데 내가 악마처럼 단 '엔젤 초콜릿 마시멜로 소스'를 한 입만 남겨도 엄마는 "남자들은 맛을 모른다니까." 하면서 실망한다는 것이다. 그러고는 "너도 레이코만큼 먹는 걸 좋아하면 얼마나 좋니."라고 한다. 웃기는 소리다. 나를 그렇게 투실투실 살찐 아들로 만들고 싶은 것인가.

그 점에서, 오시마네 집이 가장 합리적이다. 적어도 오시마네 엄마는 이성이 있다. 캡슐화된 식사는 무리겠지만 적어도 현미식을 하는 정도의 현대적 감각을 가졌으면 좋겠다.

파를 썰다

가로등 빛이 동그랗게 비치는 밤의 플랫폼에 내려서는 순간, 고독이 밀려오곤 한다. 0.1초나 0.01초, 아무튼 플랫폼에 한 발을 내딛는 그 찰나, 어떤 기척이 스친다. 나는 앗, 하고 생각한다. 하지만 앗, 하고 생각했을 때는 이미 늦다. 나는 고독의 손바닥에 폭 싸여 있다. 고독의 손바닥은 커다랗고 차갑고 얇다. 늘 그렇다. 그런 때 나는 이솝우화의 해님과 바람을 떠올린다.

세 달에 한 번 정도, 그런 밤이 찾아온다. 회사에서 옥신각신하는 일이 있었던 것도 아니고 연애가 삐끗거리는 것도 아닌데, 정말 난데없이 등장한다. 내가 까맣게 잊고 있어도, 어김없이 나타난다.

'주의' 란 스티커가 붙어 있는 문이 열리면서 땀 돋은 이마에 9월의 밤공기가 스치고, 갈색 굽 낮은 펌프스가 플랫폼의 돌바닥을 딛는 동시에 나는 앗, 하고 생각한다. 감각을 찰싹찰싹 후려갈기듯 경적이 울리고, 등 뒤에서 문이 스르륵 닫힌다. 방금 전까지 사람들 사이에 짓눌려 구깃구깃한 종이 쓰레기처럼 변형되었던 사람들이, 플랫폼으로 내려서는 순간 원래 크기와 모양으로 부풀면서 남자와 여자가 되어 종종 걸어간다. 나는 밤의 플랫폼에 홀로 남아 그들의 뒷모습을 바라본다. 차갑고 커다란 손바닥에 폭 싸여서.

아파트에 도착한 나는 숄더백을 내려놓고, 반지와 귀걸이를 빼고, 손목시계를 풀고, 스타킹을 벗는다. 그리고 커튼을 닫는다. 벗은 옷을 옷걸이에 반듯하게 걸어놓고 방바닥에 벌렁 눕는다. 몸과 머리가 무거워 살아 있으면서 죽어 있는 기분이다. 데굴데굴 굴러본다. 고독은 줄지 않는다. 아, 음, 하고 신음해본다. 고독은 줄지 않는다. 팔다리를 버둥거려본다. 고독은 1그램도 줄어들지 않는다.

"바보 짓이지."

나는 앞으로 쏟아져 내린 머리를 두 손으로 추어올리면서 일어나 부엌으로 간다. 냉장고를 연다. 우유를 팩 채로 입을 대고 마신다. 컵에 따라 마시는 것보다 고독하지 않을 것 같아서.

에미는 집에 없었다. 자동 응답기에서 흘러나오는 대외용 목소리를 마지막까지 듣고서 나는 수화기를 내려놓았다. 마치코도 집에 없었다. 아이도 없었다. 히로코는 벨이 두 번 울렸을 때 본인이 직접 받아, 당황한 나는 전화를 끊고 말았다. 놀라웠다. 히로코가 밤 8시에 집에 돌아와 있다니, 흔치 않은 일이다. 나는 수첩을 뒤적거리면서 아직 들어오지 않았을 만한 사람이 있는지 생각한다. 이렇게 여기저기 무턱대고 전화를 걸지 않고서는 견딜 수 없는 밤에는 누구와 얘기를 하면 할수록 고독해진다. 지겹도록 잘 알고 있다. 혼자 있는 방에서, 무심코 텔레비전을 켜는 바람에 요란한 소리가 쏟아져 나오면 더욱 고독해지는 것과 마찬가지다. 아무도, 천지신명께 맹세코 그 누구도, 타인의 고독을 덜어줄 수 없다.

세면대 앞에서 콘택트렌즈를 뺀다. 거울에 비친 탁한 얼굴. 나는 내 뒤에 있는 쿄지의 모습을 상상한다. 쿄지가 두 팔로 내 몸을 안는다. 목덜미에 얼굴을 묻고 크게 숨을 들이쉰다. 두 팔에 힘을 주면서. 쿄지라면 이 시간에 돌아와 있을 리 없다. 쿄지의 자동 응답기는 늘 아주 재밌다. 배경음악으로 우에키 히토시植木等의 옛날 노래가 흐르곤 한다. 그런데도 나는 쿄지에게 전화를 걸지 못한다. 이런 때, 애인은 사태를 악화시키기만 할 뿐 아무런 도움도 되지 않는다.

클렌징 젤로 화장을 지우고 꼼꼼하게 세수를 하면서 나는 훌쩍훌쩍 울기 시작했다. 참방참방 물방울을 튀기면서, 때로 경련하듯 오열하면서, 나는 한없이 얼굴을 씻는다.

가령 내가 쿄지를 좀 더 열렬하게, 정말 죽을 것처럼 사랑하고 있다면 문제는 없다. 지금이라도 쿄지의 회사에 전화를 걸어 함께 저녁을 먹자고 할 수도 있다. 쿄지는 좋은 사람인데, 왜 좀 더 애틋하게 사랑할 수 없는 것일까. 왜 지금 당장 만나서 함께 저녁을 먹고 싶다는 생각이 들지 않을까. 왜 둘이 있으면 고독이 더 짙어지는 것일까.

이를테면 내가 좀 더 아빠와 엄마를 사랑하면 되는 일이다. 좀 더 솔직하고 좀 더 다감한 딸이 되면 되는 일이다. 집까지는 전철을 타고 30분. 전화를 걸어 요행히 남동생이 받으면, 차를 몰고 데리러 와줄 수도 있다. 그렇게 되면 그 낯익은 식탁에서 넷이 함께 저녁을 먹을 수 있다. 어째서일까. 왜 그런 일이 이토록

싫을까. 진절머리가 난다. 치가 떨린다. 죽어도 싫다. 혼자 있는 편이 그나마 낫다.

볼이 얼얼해질 정도로 얼굴을 씻고서, 두툼한 수건에 얼굴을 묻는다. 나는 잠시 호흡을 멈췄다가 천천히 숨을 고른다.

이런 밤에는 파를 썬다. 잘게, 잘게, 아주 잘게. 그러면 아무리 울어도 자신을 잃지 않는다. 파의 색, 파의 모양, 파의 냄새. 손가락에 나긋나긋 들러붙는 파의 감촉. 파를 썰면서 또 눈물을 흘린다. 눈앞에 엷은 초록색이 번진다. 나는 울면서 파를 썬다. 전기밥솥의 스위치를 누르고 파를 썰고, 된장국을 만들고서 파를 썰고, 두부를 자르고는 또 파를 썬다. 온 마음을 다해서, 마치 기도라도 하듯. 누가 나를 꾸짖기라도 하면 마음을 바꿀 수 있을까. 나는 마음을 바꾸고 싶은 것일까. 무슨 마음을, 어떤 식으로.

조그만 식탁에 저녁을 차리면서, 내 고독은 나만의 것이라고 생각한다. 딸꾹질을 하면서 젓가락을 놓고, 간장 종지를 꺼내놓는다. 산더미처럼 쌓인 파를 된장국에 듬뿍 집어넣고, 황금버섯 무침에도 듬뿍 뿌린다. 내일 아침이 되면 아무 일도 없었던 것처럼 말짱한 얼굴로 회사에 가리라. 크게 심호흡을 하고서, 나는 울음을 그치고 밥을 먹는다.

코스모스핀 마당

눈을 떴을 때는 이미 아무도 없었다. 머리맡에 있는 시계는 10시 45분을 가리키고, 커튼 사이로 햇살이 몇 줄기 노란색 선을 그리고 있었다. 오랜만의 휴일이었다.

꾸물꾸물 일어나 세수를 하고, 잠옷을 입은 채로 거실에서 아침 신문을 훑어본다. 조용하고 화창한 일요일. 툇마루 너머 마당 한구석에서 코스모스가 한들거린다. 아이들이야 늘 없기가 예사지만, 아내까지 없는 것은 드문 일이다. 오늘은 스무 살인 맏딸과 백화점에 갔다. 자고 있는 내 코앞에 향수 냄새가 풀풀 나는 얼굴을 들이밀고 "그럼 다녀올게요."라고 한 시간이 9시였나, 10시였나.

"저녁 먹기 전까지는 들어올 테니까."

아내는 그렇게 말했다.

"점심은 시켜서 먹든지, 만들어 먹을 거면 라면은 하얀 선반에 있고 계란은 냉장고에 있어요."

그때 아내는 금색 귀걸이를 하고 있었다. 귀걸이를 한 아내의 모습을 참 오랜만에 보았다.

아무 생각 없이 스포츠난을 바라보면서 녹차를 따른다. 열일곱 살인 아들은 일요일에 집에 있었던 적이 없다. 늘 친구들과 어울려 놀러 다닌다. 그래도 엇나가지 않고 잘 커준 듯해 다행이라고 생각한다. 친구를 소중하게 여기는 것도 바람직하다.

그건 그렇고, 정말 조용하다. 신문을 넘기는 소리가 귀에 거슬릴 정도다. 이렇게 조용하면 본의 아니게 진부한 감상에 빠지게 된다. 아이들이 아직 어리고 나와 아내도 젊었던 시절의, 어느 가정에나 있을 흔하디흔한 추억의 단편. 모처럼 쉬는 날, 눈을 뜨면 아이들이 수화기에 대고 미안하다고 사과하는 목소리가 들렸다. 약속을 취소하는 것이었다.

"미안해. 나 오늘 아빠가 집에 있어서."

미안하다는 목소리로 말은 하지만, 일단 전화를 끊고 나면 문을 휙 열어젖히고 기대와 환희에 찬 소리를 지르면서 침실로 뛰어 들어왔다.

"아빠, 일어나. 벌써 아침이야."

이거 참. 이런 유의 감상에 젖는 취미는 없었을 텐데. 그리고 그 시절에는 내심, 아무도 없는 휴일을 혼자서 즐기고 싶다고 그토록 절실하게 바라지 않았던가. 그 바람이 실현되었을 뿐이다. 신문을 덮고 녹차를 다 마신 나는 어디 점심이나 한번 만들어볼까, 하고 생각했다. 인스턴트 라면이 아니라 좀 더 제대로 된 음식다운 음식. 이래 봬도 독신 시절에는 친구들을 불러놓고 온갖 솜씨를 부렸다. 특히 야키소바는 인기가 좋아서, 같이 마작을 즐겼던 사와이 같은 친구는 먹여만 준다면 돈을 낼 수도 있다면서 주말마다 쳐들어왔다.

그래, 오랜만에 한번 만들어보자. 철판에 다이내믹하게 볶는 해물 야키소바. 치직치직 해물과 야채가 익는 소리와 연기, 소스가 눌어붙는 냄새. 입에 침이 고였다.

역 앞에 있는 슈퍼마켓은 제법 북적거렸다. 녹색 바구니를 한 손에 들고 주부들만의 영역에 침입하자니, 잠시 주눅이 들었다. 하지만 원래 이런 장소를 싫어하는 것은 아니다.

식품의 가짓수가 너무 많아 눈이 휘둥그레진다. 내 독신 시절에 비할 바가 아니다. 채소 코너에는 처음 보는 외국 채소가 몇 가지나 있었고, 향신료와 통조림 선반에서는 서점에서 죽 나열된 책등을 볼 때처럼 묘한 흥분감까지 느껴졌다. 그리고 그 무수한 냉동식품들. 아내도 이런 것들을 활용해 편리하게 음식을 만들까, 하고 생각하니 왠지 배신당한 기분이었다.

몇 번이나 멈춰 서서 이것저것 집어 들고 보면서 통로를 천천히 한 바퀴 돌았다. 바구니에는 해물 야키소바 재료가 몇 가지 담겨 있다. 야키소바 면, 갑오징어, 대하, 배추, 목이버섯, 당근. 시간을 꽤나 오래 잡아먹었군, 하고 생각하면서 일단 계산대 앞에 줄을 섰는데, 바로 앞에 있는 유제품 코너에 눈길이 빨려 들어가고 말았다. 단박에 향수가 밀려온다.

학생 시절, 처음 사귄 애인이 좋아했던 병에 담긴 요구르트. 땅딸막한 병이며 종이 뚜껑이며 칙칙한 유리의 표면이며, 그 시절과 전혀 변함이 없었다. 질서 정연하게 진열된 깔끔한 종이 팩 유제품들 사이에서, 그곳만 30년 전 같았다. 나도 모르게 하나를 집어 바구니에 담고는 왠지 뒤통수가 뜨끔한 기분에 다시 줄로 돌아갔다.

4년 전에 인테리어를 다시 한 후로는 부엌에 발을 들여놓지 않았다. 그 휑한 시스템키친 앞에 서서 나는 뭘 어쩌면 좋을지 몰랐다. 우선은 물을 어떻게 틀어야 하는지 오리무중이었다. 동그랗고 매끈한 버튼을 위로 한 번 잡아당겼다가 돌리면 된다는 것을 아는 데 2, 3분이 걸렸다. 도마와 조미료도 어디에 있는지 도무지 알 수가 없었다. 거의 수수께끼의 부엌이었다. 부엌 바닥 밑에 수납되어 있는 철판이 압권이었다.

뭐, 아무튼. 이제 시작해볼까.

나는 냉장고에서 캔 맥주를 꺼내 마시면서 재료를 손질하고 준비했다. 그리고 그것들을 거실로 옮긴 후 철판에 기름을 치고 자리에 앉았다. 마당 한구석에 핀 코스모스가 오후의 햇살 속에서 평화로운 얼굴로 흔들리고 있었다.

철판이 충분히 달았겠다 싶어서 회색 대하를 올려놓았다. 타닥타닥 경쾌한 소리가 나면서 기름이 튀고, 한 면이 점차 빨개진다. 그 옆에다 면을 볶으면서 갑오징어와 채소를 곁들인다. 이때다 싶은 타이밍을 가늠해서 소스를 끼얹는다. 소스에 가쓰오부시와 마늘 가루를 섞는 것이 포인트다. 그리고 모든 재료를 고루 섞고 1분쯤 기다리는 것도 중요한 포인트. 시간이 벌써 3시나 되었다. 소스 냄새가 코를 자극한다. 입에 군침이 돌고, 더는 기다릴 수 없을 만큼 충분히 배가 고팠다. 디저트로는 그 옛날의 요구르트가 냉장고에서 기다리고 있다.

드디어 그 뜨끈뜨끈한 야키소바를 접시에 수북하게 더는 순간, 현관문을 여는 소리가 났다. 이어서 아내와 딸의 목소리.

"아, 힘들어. 일요일이라 그런지, 어디를 가나 사람이 많아서……."

최악의 타이밍이었다. 요란스럽게 거실로 들어온 여자들의 눈이 휘둥그레진다.

"어머나, 뭐 하는 거예요? 아유, 이 연기 좀 봐."

아내는 창문을 열었다.

"아니, 그게."

우물쭈물하는 나 자신이 한심했다. 한가로운 휴일이 갑자기 그 막을 내린다.

"그래, 사고 싶은 거 많이 샀어?"

"와, 요구르트네."

부엌에서 딸의 목소리가 들려왔다.

"이거 내가 먹어도 괜찮아?"

"그럼, 괜찮고말고."

나는 어색하게 웃으면서 마음과는 반대로 그렇게 대답했다.

겨울날, 방위청에서

　빌딩 사이사이로 난 좁은 길에도 겨울 햇살이 가득한 춥지만 아름다운 오후, 나는 가르쳐준 대로 길을 걸었다. 일요일 한낮의 방위청防衛廳 부근은 조용했다. 큰 청자 접시가 전시된 골동품 가게의 유리창 앞에 서서 내 모습이 어떻게 보일까 확인했다. 머리 스타일, 립스틱의 진하기, 재킷과 치마의 균형. 오늘 차림새를 정하는 데 세심한 주의를 기울였다. 애인을 만날 때보다 한결 신중하게, 한결 교활하게. 하얀 셔츠블라우스에 감색 미니스커트, 한눈에 남자용이라는 것을 알 수 있는 짙은 감색 울 재킷, 단순한 은 목걸이에 고급스러운 가죽 구두. 물론 내 미끈한 두 다리를 효과적으로 드러내기 위한 코디다.

됐어. 반듯하고, 빨간 립스틱도 경망스러워 보일 정도는 아니고.

나는 마음속으로 중얼거리면서 등을 쫙 펴고 다시 걸었다.

"한바탕 난리가 벌어질지도 모르지."

어제 저녁때, 통화를 하면서 여동생은 그렇게 말했다.

"그래도 도망칠 생각은 없어."

나는 그렇게 대답했다.

"그리고 시미즈 씨의 부인이 어떤 사람일지 궁금하기도 하고."

"하긴."

동생은 잠시 생각하고서 말했다.

"그 여자도 배짱 한번 두둑하다. 전화할 때 느낌은 어땠는데?"

"잘 모르겠어. 말을 별로 하지 않았으니까. 그래도 상당히 침착하고 목소리도 상냥하던데."

동생은 한숨을 쉬었다.

"언니, 속아 넘어가면 절대 안 돼. 그게 그쪽의 작전일지도 모르잖아. 가냘프고 힘없는 아내. 게다가 눈물까지 뚝뚝 흘리고. 걱정스럽다. 언니는 너무 단순해서 말이지."

같이 가주겠노라는 것을 거절하자, 그녀는 지겹도록 무수한 주의 사항을 늘어놓았다.

"여유를 보여줘야 돼. 시미즈 씨에게 홀딱 빠졌다는 것을 들키지 않게. 그이가 너무 적극적이라서 내가 오히려 당황할 정도라고, 그런 한마디쯤 하는 것도 괜찮을 거야."

"이탈리아 요리? 어떤 메뉴를 고르느냐에 따라서 언니를 판단할지도 모르니까, 혹시라도 티라미스 같은 건 시키지 마. 밀라노풍 커틀릿도 안 되고. 좀 더 상큼하고 지적인 메뉴를 주문하는 거야. 지성적으로 보이는 게 중요해. 상대는 전업 주부잖아. 언니가 영리한 커리어 우먼이라는 것을 분명하게 인식하도록 하는 거야. 알겠지?"

아담하고 분위기가 좋은 레스토랑이었다. 테라스에는 환한 빛이 쏟아졌다. 겨울 하늘 아래, 빨간 차양이 튀어나와 있었다. 나는 문을 열고 중년의 점원에게 시미즈란 이름을 말했다. 데이트를 할 때처럼.

"안쪽 테이블에서 기다리고 계십니다."

점원이 앞장서서 직업적인 몸짓으로 안내했다.

"이렇게 불러내서 미안해요."

그 사람이 자리에서 일어나, 우아하게 미소 지으며 말했다. 하얀 투피스를 입은 가냘픈 몸매, 어깨쯤에서 넘실거리는 부드러운 머리, 가느다란 손가락, 분홍색 매니큐어, 반지를 끼지 않은 약지. 상상했던 것과는 모든 것이 너무 달랐다.

"마실 것은 포도주로 하면 될까요?"

"네."

나는 의자에 앉아 새삼스레 눈앞에 있는 아름다운 여자를 쳐다보았다. 시미즈 씨는 아내가 올해 마흔이라고 했다.

"처음 뵙네요."

포도주를 주문하고서 그녀는 내 얼굴을 보며 그렇게 말했다.

"많이 놀랐죠, 불쑥 전화를 해서. 하지만 전부터 한번 만나보고 싶었어요. 어떤 아가씨일까, 하고 말이죠."

아가씨, 란 말이 불쾌했다. 동생의 말이 뇌리를 스쳤다. '속아 넘어가면 절대 안 돼.'

"뭐 드실래요?"

나는 메뉴를 펼치기는 했지만 미리 정해두었던 대로 콘소메 수프와 신선한 생선 소테, 그리고 토마토와 아보카도 샐러드를 주문했다. 그런 메뉴를 고르는 것이 지적인 선택이라고 한 여동생의 의견을 따른 것이다.

"그럼 나도 콘소메 수프를 먹을까."

그녀는 생긋 웃으며 말했다.

"그리고 시금치와 베이컨 샐러드. 메인 디시는……음, 밀라노 풍 커틀릿으로 해야겠네요."

음식이 나오기 전까지 에리코 씨(가 그녀의 이름이었다)는 최근에 본 영화 이야기와 기르는 고양이 이야기(잡종 얼룩 고양이로, 나이가 열네 살이나 되었다고 한다), 그리고 어렸을 때 좋아했던 삼촌 이야기를 했다. 한바탕 난리를 피울 기색도, 눈물을 뚝뚝 흘릴 기미도 전혀 없었다. 당연히 물으리라 여겼던 몇 가지—시미즈 씨를 어디서 만나 어떻게 사랑에 빠졌느냐, 얼마나 자주 만나느냐, 앞으로는 어떻게 할 작정이냐—질문을 할 눈치도 전혀 없어 보였다. 난감해진 나는 적당히 맞장구를 치며 얘기를 듣고는 있었지만, 솔직히 어서 그 자리를 떠나고 싶어 견딜 수가 없었다. 영리한 커리어 우먼이라니, 어이가 없다.

음식이 나오자 에리코 씨는 커다란 잔에 따른 키안티 와인을 우아하게 마시면서 점점 더 천진난만하게 두서없는 얘기를 늘어놓았다. 하지만 말이 너무 많다 싶지 않게, 아주 청초한 방식으로. 그러다 갑자기 냅킨으로 입을 닦고는 눈으로만 미소 지으며 이렇게 말했다.

"자, 이제 자기 얘기 해봐요."

그녀는 사람 말을 아주 잘 들어주는 사람이었다. 간혹 사소한 감탄사와 엉뚱한 질문을 곁들여 가면서 얘기를 매끄럽게 유도했다. 게다가 동생 왈 '기름기 많고 촌스럽다'는 커틀릿을 더없이 맛있게 먹으면서. 나는 일에 관한 얘기와 스키 얘기를 하다가 급기야 고등학교 시절에 선망했던 남학생 얘기까지 하고 말았다. 에리코 씨는 그런 얘기들 하나하나를 즐겁게 들어주었다.

우리는 커피와 아이스크림으로 점심 식사를 마무리하고서 계산을 하고 환한 밖으로 나왔다.

"아, 맛있게 먹었다. 좋았어요, 이렇게 만나 뵈어서. 시미즈 씨가 당신에게 반한 이유를 알겠네요."

그 말에는 아무런 가시도 독기도 없었다. 가시도 독기도 없지만, 반론의 여지가 없는 강한 목소리였다. 나는 이내 눈물을 글썽였다. 어째서인지는 모른다. 하지만 나는 그녀의 적조차 못 되었다. 에리코 씨는 모르는 척하면서 말을 이었다.

"우리가 오늘 만난 거 시미즈 씨에게는 비밀로 해요. 당황하면 가엾으니까."

나는 더는 참을 수 없어 소리 내어 훌쩍거리고 말았다. 나를 울리는 것쯤이야, 그 사람에게는 식은 죽 먹기였다. 한바탕 난리를 치는 것이 훨씬 낫다. 눈물을 뚝뚝 흘리는 것이 훨씬 낫다.

"그럼, 여기서 우리 안녕 해요. 잘 지내요."

에리코 씨는 꽃잎처럼 미소 지으며 완벽한 뒷모습으로 멀어져 갔다.

어느 이른 아침

그야 물론 나는 편의점을 좋아하지. 늦은 밤에 일하기 때문에 월급도 꽤 많고. 아르바이트치고는 상당히 마음에 드는 일이야. 잡지도 마음대로 읽을 수 있고, 팔다 남은 빵이나 김밥을 얻을 수도 있고, 점장도 좋은 사람이거든.

하지만 말이지, 그래도 오늘은 일을 하는 게 아니었어. 가와무라 씨나 니시다 씨에게 대신 해달라고 할 걸 그랬어. 그 사람들은 나이도 지긋하니까, 크리스마스이브와는 별 관계없을 거 아냐. 아아, 스물한 살 펄펄한 나이에, 크리스마스이브인데 대체 이런 데서 뭘 하고 있는 거냐고. 문을 열고 들어오는 손님은 다 연인들이고, 짜증 나 미치겠어. 연인들은 아카사카나 뭐 그런 데

가서 이탈리아 요리 같은 걸 먹어야지. 철로 변에다, 그것도 완행밖에 서지 않는 조그만 역에서 15분이나 걸어야 있는 이 불편한 편의점까지 왜 찾아오느냐고. 하긴 뭐, 우리 편의점이야 크리스마스 상품을 갖춰놓고 그런 손님들을 기다리지만.

그래봐야 다들 사 가는 건 똑같다니까. 정말 획일적이라고. 너나 할 것 없이 다 똑같은 것을 바구니에 담으니까. 치킨, 케이크, 팩에 담긴 그린 샐러드, 싸구려 샴페인, 그리고 예의 그 조그만 고무 제품을 빠트릴 수 없지. 계산기를 두드리다 보면 늘 이런 생각이 든다니까. 이 인간들, 다 똑같은 것을 먹고 똑같은 짓을 하는 걸까, 하고 말이야.

오늘 저녁에는 돼지고기 안심 커틀릿 도시락을 먹었지. 평소에는 기껏해야 닭튀김이나 밥에 반찬 몇 가지만 들어 있는 도시락인데, 오늘은 점장이 집에 가기 전에 싱글싱글 웃으면서 이랬거든.

"하야시 군, 오늘은 돼지고기 안심 커틀릿 먹어도 돼. 크리스마스니까 말이야."

고맙다고 인사는 했지만, 크리스마스이브에 그런 도시락을 먹자니 오히려 쓸쓸한 기분이 들더군.

그렇다고 점장 때문에 쓸쓸하다는 건 아니고. 아르바이트가 없었어도 달리 무슨 일정이 있었던 것은 아니지만, 그래도 좀 너무하잖아. 크리스마스이브라고 왜 내가 쓸쓸해져야 하느냔 말이야. 축하해야 할 좋은 날인데. 예수가 태어난 날이잖아. 살아 있다면 몇 살이나 될까. 하늘에 계시는 예수님, 보이시나요? 나는 부지런하게 일하는 근로 학생입니다. 나를 가엾게 여기신다면 소원 하나 들어주세요. 영문과의 가토 씨가 뭘 사러 쓱 나타난다거나. 쳇, 그럴 리가 없지.

　시계는 밤 10시를 가리키고 있다. 손님이 뜸하다. 나는 걸레를 꺼내 바닥을 닦는다. 나는 비교적 깔끔한 것을 좋아한다. 바닥에 손님들의 신발 자국이 생기면 얼른 닦고 싶어서 손이 근질거린다.

　문이 열리는 소리, 네다섯 명이 우르르 들어오는 기척.

　"어서 오십시오."

　반사적으로 명랑하게 말하고는 경박하기는, 하고 생각했다. 카운터로 돌아와 보니 손님은 남녀 네 명. 아무리 봐도 열여섯 살쯤이나 되었을까, 오토바이 면허를 갓 땄을 아이들이었다. 큰 소리로 떠들면서 살 물건을 바구니에 담는다. 치킨 대신 포테이토칩, 샴페인 대신 콜라를 사는 것을 보면 역시 고등학생이다. 어? 콘플레이크에 우유까지? 어이, 자고 갈 작정이야? 여학생들이, 집에는 얘기나 하고 나온 거야?

아니, 대체 무슨 생각이야. 웬 참견이냐고. 아이들의 프라이버시를 침해하다니. 아, 한심하다 한심해.

그 녀석에게 전화나 해볼까, 하고 불현듯 생각했다. 이 아이들이 가면 안에서 전표를 정리하고 있는 하야세 씨에게 화장실 다녀올 테니까 5분만 가게를 봐달라고 하고 말이야. 음, 가토 씨는 이런 날 집에 있을 리가 없겠지만, 그 녀석은 있을지도 모르지. 크리스마스 특별 프로그램 같은 거나 보면서 혼자 썩고 있지 않을까.

아니나 다를까, 같은 과의 후카자와 아키미는 집에 있었다. 하하하하, 역시. 어디를 가든 동지는 있는 법이라니까.

"여보세요?"

"아, 후카자와? 나, 하야시."

"조사 붙여서 말하면 안 되니?"

"역시 기분이 영 꽝이로구나."

"무슨 뜻이야?"

전화로 얘기하는데도 여전히 대가 세다.

"나 말이지, 지금 알바 중이거든. 별일 없으면 놀러 오라고."

"뭐 하게?"

"뭐는……."

난감했다. 뭘 할지 생각하고서 전화를 걸어야 했다.

"뭐는, 아이스크림이지."

"아이스크림?"

"응. 너 아이스크림 좋아하잖아. 여기 아이스크림 꽤 맛있다고. 종류도 여섯 가지나 있고. 전부 맛보여 줄게."

내가 생각해도 한심했다. 이런 식으로 여자를 꼬이다니. 식은 땀이 돋는다. 후카자와는 잠시 말이 없었다.

"벌써 10신데."

이번에는 내가 할 말을 잃었다.

"그리고 우리 집에서 네가 일하는 가게까지, 전철 타고 40분이나 걸린다고."

……그렇다, 까맣게 잊고 있었다.

"그런데도 아이스크림 시식하러 굳이 오라는 거야?"

"아니, 됐어. 없던 일로 해줘."

"대체 뭐니?"

녀석이 맥 빠진 소리로 말한다. 당연하다.

"미안해. 나는 일이나 할게."

나는 그렇게 말하고 일방적으로 전화를 끊었다. 차라리 걸지 말 걸 그랬다.

12시가 지나자 단골손님들이 하나 둘 나타나기 시작했다. 한 사람이 나가면 또 한 사람, 그렇게 잇달아 나타나 크리스마스 따위는 전혀 상관없다는 표정으로 서서 잡지를 읽는 아저씨들. 1시가 넘어서는 가끔 와서 과자를 산더미처럼 사 가는 언니도 나타났다. 외로운 여자는 살이 찐다, 는 시답잖은 소리는 하지 말자. 오늘 밤은 초콜릿이라도 한 개 덤으로 주고 싶은 심정이다. 동병 상련이라고 했나. 유리문 밖은 깊은 밤이고, 가게 안은 눈이 부시도록 밝고 따뜻하다. 여전한 정적, 여전한 고독. 나는 이 시간을 가장 좋아한다.

3시, 4시. 진한 커피를 마시며 단속적으로 밀려오는 수마睡魔와 싸운다. 가끔은 스트레칭도 한다. 안쪽 사무실에서 하야세 씨가 얼굴을 내밀고 말을 걸어올 시간.

"힘내."

새벽 5시 49분, 이 아침 첫 손님이 왔다. 문이 열리는 소리, 흘러 들어오는 바깥 공기. 달도 별도 아직 떠 있는데, 청결한 아침 냄새가 풍긴다. 거리는 벌써 움직이고 있다.

　"어서 오십시오."

　명랑하게 말하면서 돌아보니, 후카자와 아키미가 서 있었다. 감색 코트에 녹색 머플러. 두 볼이 발갛게 얼어 있다.

　"아이스크림."

　후카자와가 조그만 소리로 말했다. 그 말이 내게는 '메리 크리스마스'로 들렸다. 나는 크리스마스의 아침 식사를 웨하스 컵 두 개에 듬뿍 퍼 담았다.

작품해설
역자후기

작품해설

　나는 에쿠니 가오리 씨의 작품 중에서 「듀크」를 제일 처음 읽었다. 가벼운 마음으로 읽기 시작했는데 순식간에 다 읽은 후에는 깊은 감동이 남았다. 미시마 유키오는 '문장의 궁극은 괴담에 있다'고 했다. 「듀크」는 일종의 괴담이었다.

　사랑하는 개 듀크가 죽었다. '나'는 슬픔을 가누지 못한다. 전철에서 만난 낯선 청년이 '나'를 위로해준다. 둘은 하루를 함께 보낸다. 수영장과 미술관에 가고 만담을 듣는다. 해 질 녘, 크리스마스를 앞둔 거리에서 둘은 헤어진다. 헤어질 때 청년이 내게 키스를 한다. 그 순간 '나'는, 그 청년이 듀크였다는 것을 깨닫는다.

　즉, 청년은 자신을 사랑해주었던 '나'에게 작별을 고하기 위해 돌아온 듀크의 유령이다.

　물론 에쿠니 씨는 청년이 듀크의 유령이라고 분명하게 쓰지 않았다. 그런 서툰 짓은 하지 않는다. '쓸쓸하게 웃는 얼굴이 제임스 딘을 꼭 닮았다.'라고만 썼을 뿐, 읽는 이의 상상에 맡긴다. 이 마무리가 실로 감탄스럽다. 젊은 여자 작가가 썼다는 것이 믿기지 않을 만큼 세련되었다. 1950년대에 명단편을 잇달아 발표해 '쇼트 쇼트의 명수'라 불렸던 야마카와 마사오의 세계가 떠오른다.

　「듀크」는 에쿠니 씨 작품 세계의 시발점이라는 생각이 든다. 유연하고 슬프다. 하지만 그 느낌을 일일이 쓰지 않는다. 마지막에 작가는 읽는 이 앞에서 슬며시 모습을 감춰버린다. 설명하거나 설교하지 않는다. 요란스럽게 감동을 불러일으키려 하지도 않는다. 듀크가 '나'에게 살며시 키스하고 사라졌던 것처럼, 에쿠니 씨도 소리 없이 작품 너머로 사라져버린다.

　나는 소극장 연극을 좋아해서 곧잘 보러 가는데, 소극장은 대개 두 가지 타입으로 나뉜다. 연극이 끝난 후에 몇 번이나 커튼콜을 하고 관객은 끝없이 박수를 친다. 이런 타입이 대부분이다. 그런데 아주 소수지만, 연극이 끝나면 배우들이 무대에 모여 딱

한 번 인사를 하고 군말 않고 사라지는 타입(예를 들어 히라타 오리자의 청년단)도 있다.

에쿠니 씨의 작품은 두말할 필요 없이 후자 타입이다. 군말 없이 끝난다. 읽는 이도 다 읽고는 "아, 좋았다!"고 소리를 지르지 않는다. 혼자서 "아아, 좋다, 듀크는." 하고 중얼거리고 그 느낌을 자신의 가슴에 고이 간직한다.

「듀크」가 괴담이라고 했는데, 우리가 흔히 아는 괴담의 무시무시함이나 잔혹함은 전혀 없다. '내' 앞에 나타난 듀크의 유령은 무서운 유령이 아니라 마음씨 좋은 유령이다. 살아 있는 '내'가 그를 위로하는 것이 아니라, 죽은 그가 '나'를 위로해준다. 일종의 괴담이라고 한 것은 그 때문이다. 이 작품에서 삶과 죽음은 아주 가까운 관계다. 일반적인 괴담처럼 삶과 죽음이 엄격하게 구분되어 있지 않다. 죽음을 먼 것이 아니라 오히려 친밀한 것으로 느낀다. 이는 에쿠니 씨뿐 아니라 요시모토 바나나나 무라카미 하루키와도 통하는 감각이다. 모두 젊은 듯하면서 실은 성숙한 작가들이다. 아마도 어린 시절에 일찍이 인생에 죽음이란 단계가 있다는 것을 알고, 그것과 대화를 나누며 성장했을 것이다.

'나'와 듀크는 해 질 녘의 거리에서 헤어진다. 네온사인에 반짝반짝 불이 켜진다. '파르스름한 저녁나절'. 영화를 찍는 카메라맨들이 사용하는 전문 용어에 '매직 아워'라는 것이 있다. 해가 진 후에도 몇 분 동안은 빛이 남아 있는데, 그 짧은 시간의 빛이 가장 아름답다고 한다. 그 시간에 촬영을 하면 믿을 수 없을 만큼 아름다운 영상이 나오는데, 다만 너무 짧아 아무나 그런 영상을 얻을 수 있는 것은 아니다. 기적 같은 순간. 그래서 '매직 아워'라고 한다.

듀크와 '내'가 헤어진 때도 매직 아워다. 낮도 밤도 아닌 파르스름한 저녁 속에서 꿈과 현실, 삶과 죽음이 조화롭게 녹아든다.

「후지시마 씨가 오는 날」에서 고양이는 미간을 쓰다듬어주거나 벼룩을 잡아주면 좋아한다. 에쿠니 씨의 작품에는 '좋아하는 것'이 많이 등장한다. '나'는 듀크를 떠올릴 때, 듀크가 좋아했던 것을 생각한다. 듀크가 좋아했던 계란 요리와 아이스크림과 배, 그리고 만담.

'나'와 듀크가 서로에게 '좋은 곳'을 가르쳐주는 것도 에쿠니 씨답다. 좋아하게 된 사람에게는 자신이 소중하게 여기는 장소를 살짝 가르쳐준다. 비밀의 좋은 점을 가르쳐준다.

「쿠사노조 이야기」에서 아내는 쿠사노조에게 그가 좋아하는 말린 전갱이를 들고 간다. 「마귀할멈」의 도키오는 스모를 좋아하고, 할머니가 들려주는 옛날이야기도 좋아한다. 「연인들」의 할아버지는 죽은 할머니가 말간 빙수를 좋아했다고 회상한다. 「코스모스 핀 마당」의 아빠는 아내와 딸이 외출한 휴일, 혼자서 해물 야키소바를 만들고, 학생 시절 애인이 좋아했던 병에 담긴 요구르트를 사 온다. 「어느 이른 아침」에서는, 편의점에서 아르바이트를 하는 학생이 이른 아침에 와준 여자 친구에게 웨하스컵에 아이스크림을 듬뿍 퍼 담아 내민다.

에쿠니 씨는 좋아하는 것을 조금씩 작품 속에 써나간다. 그렇게 '내'가 듀크를 좋아했다는 것, 듀크가 '나'를 좋아했다는 것, 도키오가 할머니를 좋아했다는 것, 할아버지가 할머니를 좋아했다는 것 등을 읽는 이에게 전달한다.

에쿠니 씨는 늘 좋아한다고 긍정적으로 말한다.

"노No라고 하기는 쉽다. 예스Yes라고 하기는 도리어 어렵다."

옛날에 문예평론가 고바야시 히데오 씨가 그렇게 말했는데, 세계를 긍정적으로 파악하기는 정말 어렵다.

좋아하는 것이 있으면 즐겁다. 좋아하는 사람이 있으면 기쁘다. 하지만 그 기쁨은 언젠가는 슬픔으로 변한다. 좋아하는 것도, 좋아하는 사람도 언젠가는 사라지니까. 그러니까 좋아하는 것이 많은 사람일수록 슬픔도 많다. 「듀크」를 읽고 슬퍼지는 것은 그 때문이리라.

에쿠니 씨는 어렸을 때 이미, 좋아하는 것은 언젠가 사라진다는 슬픈 사실을 깨달았을 것이다. 에쿠니 씨의 작품 세계는 그런 곳에서 시작한다.

「쿠사노조 이야기」도 「듀크」처럼 유령 이야기다. 이 유령도 듀크와 마찬가지로 무서운 유령이 아니라 친절한 유령이다. 수호신처럼 '나'의 엄마를 지켜준다. 이 작품에서도 삶과 죽음의 경계는 분명하지 않다. '나'와 엄마는 죽음을 친근하게 느끼고 푸근해한다.

또 에쿠니 씨는 변신 테마도 좋아한다.

「여름이 오기 전」의 요코는 아이에서 어른으로 쓱 변한다. 「언젠가, 아주 오래전」의 레이코는 인간에서 뱀으로, 돼지로, 조개로 잇달아 모습을 바꾼다. 그렇다고 윤회니 전생이니 하는 거창한 테마는 아니다. 그보다 소박한, 의식의 흐름 같은 변신이다.

미지의 새로운 것으로 변하는 미래 지향적인 변신이 아니라 '아주 오래전'에 본 그리운 장소로, 태어난 장소로 돌아가는 변신이다. 옛날에서 더 옛날로, 과거로 돌아가는 여행이다.

「연인들」의 '나'는 할머니의 환생이라는 소리를 듣고 이런 생각을 한다.

'게다가 나는 때로, 아주 먼 기억을 느낄 때가 있다. 신기하고 이상한 일이지만, 아주 먼 옛날, 내가 태어나기도 전의 일을 기억하고 있는 기분이 드는 것이다.'

에쿠니 씨에게 죽음이란 이렇게 '아주 오랜 먼 옛날, 내가 태어나기 전'으로 돌아가는 것이리라. 살아 있을 때는 명확하게 의식하지 못했던 고향으로 돌아가는 것이리라. 에쿠니 씨의 내면에서 현재는 아주 먼 옛날과 이어져 있다. 듀크는 죽은 것이 아니라 그리운 곳으로 돌아간 것이다. 듀크만이 아니라 우리 모두 사실은 '아주 먼 옛날'에 속해 있는데, 지금 잠시 이 지구에 살고 있을 뿐인지도 모른다.

에쿠니 씨가 할아버지와 할머니를 좋아하는 것도 그들이 죽어가는 사람이 아니라 그리운 장소로 돌아가는 사람들이기 때문이리라. 「마귀할멈」의 할머니나 「맑게 갠 하늘 아래」의 할아버지는 노망든 것이 아니라, 어린 시절로 돌아간 것이다. 실제로도 인간은 나이를 먹으면 먹을수록 현재보다 과거를 더 선명하게 기억한다고 하지 않는가.

유령, 변신, 전생. 이 작품집의 세계를 테마별로 나누면 이렇다. 하지만 이 자리에서 그런 평론가적인 작업은 별 의미가 없다. 에쿠니 씨는 그런 판에 박힌 테마를 염두에 둔 것이 아닐 테니까.

에쿠니 씨는 그저, 사랑하는 개가 죽어서 슬프다, 할머니가 돌아가셔서 슬프다는 감정과 자신이 소중하게 여기는 느낌을 자신만의 언어로 읽는 이에게 전하려 할 뿐이니까.

에쿠니 씨에게는 작지만 좋아하는 것이 아주 많다. 좋은 장소가 아주 많다. 계란 요리, 아이스크림, 배, 만담, 미술관, 수영장. 또는 방과 후의 교실, 하늘하늘 내리는 눈, 초승달이 뜬 산속의 절, 꽃밭 속의 무덤, 파란 지붕 양로원, 밤의 매화나무 숲, 해안.

「파를 썰다」에서 여느 밤과는 달리 문득 고독을 느낀 '내'가 혼자 써는 파, 「맑게 갠 하늘 아래」에서 국그릇에 떠 있는 밀개떡, 「코스모스 핀 마당」의 병에 담긴 요구르트. 에쿠니 씨의 작품에서는 우리 일상에 자리한 아주 사소한 먹을거리가 더없이 빛

난다. 테마 따위의 거창한 얘기는 아무 상관 없다. 에쿠니 씨는 다만 자신이 좋아하는 그리운 풍경을 조용히 그려나간다. 그래서 「여름이 오기 전」에서 요코가 한 말이 가슴을 울리는 것이다.

"나, 오래전부터 이런 광경을 꿈꾸고 있었던 것 같아요."

1995년 4월 평론가·번역가

가와모토 사부로

역자후기

    나는 가와바타 야스나리의 짤막짤막한 단편을 무척 좋아한다.

    청년 시절의 그가 속내를 토로하듯 또는 시를 쓰듯 쏟아낸 111편의 단편들은 작가로서의 그의 인생 전체를 관통한 기쁨과 비애와 고뇌와 증오와 절망감으로 가득하다.

    또 그 단편들 안에서 그의 감각은 시간과 공간을, 삶과 죽음을 한없이 자유롭게 오간다. 삶을 이은 잠의 머리맡에 죽음이 선명하게 공존하고 과거는 동시에 현재와 맞닿아 있는 것이다.

    에쿠니 가오리의 역시 짧은 단편들의 모음집인 『차가운 밤에』를 작업하는 간간이 나는 가와바타 야스나리의 그 단편들과 만

190

년의 그의 모습을 떠올리며 비슷한 형식의 작품들이 주는 전혀 다른 느낌, 그 간극을 생각해보았다.

극으로 치달은 가와바타 야스나리의 섬세한 감각은 끝내 스스로를 죽음이란 나락으로 떨어뜨리고 말았다. 하지만 한 시대를 건너뛰어 에쿠니 가오리가 『차가운 밤에』에서 우리에게 보여주는 섬세한 감각은, 삶과 죽음이 서로에게 내미는 따스한 손길과 교감이야말로 비애와 슬픔과 절망감과 증오로 가득한 우리 생을 이편으로 끌어당기는 힘이라는 것을 가르쳐준다.

'파를 썰며' 밀려오는 고독과 쏟아지는 눈물을 삼켜야 하는 우리 삶에,

죽어 유령으로 주인 앞에 다시 선 '듀크'의 부드러운 입맞춤, 사랑했다는 속삭임과

몇 백 년의 세월을 넘어 사랑을 나누는 '쿠사노조'와 엄마와

살아서 못다 나눈 사랑을 꽃과 새가 되어 이어가는 덴류와 '모모코'

와 같은 애틋하고 포근한 이야기들이 있어, 그래도 눈물을 거두고 가끔은 행복할 수 있으니까 말이다.

스산한 계절의 문턱,

에쿠니 문학의 근간(「쿠사노조 이야기」, 「모모코」는 그녀를 소설가로 이끌어준 작품들이다)이며 동시에 정수를 한껏 보여주는 이 작품집은 한겨울 차가운 바람을 뚫고 쏟아지는 환한 햇살만큼이나 투명하고 눈부시게, 그리고 따사롭게 상처 입은 영혼들을 어루만져 주는 최고의 선물이 아닐까 싶다.

2007년 12월
김난주